エトワール！☆2

羽《は》ばたけ！ 四羽《わ》の白鳥《はくちょう》

梅田《うめだ》みか／作《さく》　結布《ゆう》／絵《え》

講談社 青い鳥文庫

もくじ

めいのバレエ教室《きょうしつ》

おもな登場人物《とうじょうじんぶつ》

森原《もりはら》めい

バレエが大好《だいす》きな小学《しょうがく》5年生《ねんせい》。両親《りょうしん》と妹《いもうと》の4人家《にんか》族《ぞく》。6歳《さい》から有村《ありむら》バレエスクールに通《かよ》う。レッスンは火《か》・木《もく》・土《ど》。学校《がっこう》では料《りょう》理《り》クラブに入《はい》っている。

森原《もりはら》ジュン

2歳《さい》ちがいの、めいの妹《いもうと》。小学《しょうがく》3年生《ねんせい》。地元《じもと》の女子《じょし》サッカーチームに所属《しょぞく》する活発《かっぱつ》な女《おんな》の子《こ》。

三輪杏樹《みわあんじゅ》

ニューヨークから帰国《きこく》して、有村《ありむら》バレエスクールに入《はい》ってきた小学《しょうがく》5年生《ねんせい》。スタイル抜群《ばつぐん》でバレエも上手《じょうず》。

大和田《おおわだ》 南《みなみ》

めいのバレエ教室《きょうしつ》の友《とも》だち。スクールに入《はい》ったときからずっと仲《なか》よくしている。

向坂梨央《さきさかりお》

めいのバレエ教室《きょうしつ》の友《とも》だち。同学年《どうがくねん》でいちばんバレエが上手《じょうず》で、そのことに自信《じしん》を持《も》っている。

野々宮《ののみや》さやか

バレエ教室《きょうしつ》の、みんなのあこがれの先輩《せんぱい》。中学《ちゅうがく》3年《ねん》生《せい》。真剣《しんけん》にバレエに取《と》り組《く》んでいる努力家《どりょくか》で、コンクールにも挑戦《ちょうせん》している。

月村《つきむら》 透《とおる》

バレエ教室《きょうしつ》で唯一《ゆいいつ》の男子《だんし》。中学《ちゅうがく》3年生《ねんせい》。練習熱心《れんしゅうねっしん》で踊《おど》りは抜群《ばつぐん》にうまい。容姿《ようし》も美《うつく》しく、マスコミから注目《ちゅうもく》されている。ファンが多《おお》いが、意外《いがい》な一面《いちめん》も。

有村千鶴《ありむらちづる》

有村《ありむら》バレエスクールの先《せん》生《せい》。指導《しどう》はきびしいけれど、生徒思《せいとおも》い。昨年《さくねん》12月《がつ》には、10周年記念《しゅうねんきねん》の発表会《はっぴょうかい》で「くるみ割《わ》り人《にん》形《ぎょう》」を上演《じょうえん》した。

加山陽翔《かやまはると》

めいと、1年生《ねんせい》からずっと同《おな》じクラスのサッカー少年《しょうねん》。呼《よ》び名《な》はハルト。はやくレギュラーになりたがっている。

松本詩織《まつもとしおり》

めいのクラスメイト。呼《よ》び名《な》はシオリン。勉強《べんきょう》ができて読書好《どくしょず》き。新聞《しんぶん》クラブの副部長《ふくぶちょう》。中学受《ちゅうがくじゅ》験《けん》に向《む》けて勉強《べんきょう》にはげんでいる。

伊藤佳菜子《いとうかなこ》

5年《ねん》3組《くみ》の、めいのクラスメイト。呼《よ》び名《な》はカナ。かわいくて男子《だんし》に人《にん》気《き》。バドミントンクラブに入《はい》っている。透《とおる》のファン。

1 今年《ことし》もバレエ、がんばります！

「やったー、一番乗《いちばんの》り！」

思《おも》わず口《くち》に出《だ》して言《い》うと、有村《ありむら》バレエスクールの、せまくてちょっとボロいスタジオに、わたしの声《こえ》がひびいた。

わたし、森原《もりはら》めいは、今年《ことし》もこのスタジオで、バレエを一生懸命《いっしょうけんめい》がんばっていくことを誓《ちか》います――！

毎年《まいとし》、一月四日《がつよっか》の初《はつ》レッスンは、誰《だれ》よりも早《はや》くスタジオに来《き》て、初《はつ》もうでみたいにお祈《いの》りすることにしてる。そうすると、今年一年《ことしいちねん》、誰《だれ》よりもがんばれるような気《き》がするから。

「あーっ、またあめいに先越《さきこ》された！」

ばーんとドアが開《あ》いて、入《はい》ってきたのは向坂梨央《さきさかりお》だ。もう、人《ひと》がせっかく自分《じぶん》の世界《せかい》にひたってたのに！

「梨央《りお》、あけましておめでと……。」

「今年《ことし》こそ一番《ばん》だと思《おも》ったのに。まあいいや、バーだけでもいちばん前《まえ》にしよ。」

梨央《りお》は新年《しんねん》のあいさつもなしで、さっさとタオルをバーにかけて、場所取《ばしょと》りしてる。

まったく、相変《あいか》わらず負《ま》けず嫌《ぎら》いなんだから。

去年《きょねん》、「くるみ割《わ》り人形《にんぎょう》」の主役《しゅやく》、クララをめぐって、オーディションで競《きそ》いあったときだって、敵対心《てきたいしん》まる出《だ》しで大変《たいへん》だったし。まあ、五年生《ねんせい》の中《なか》では断《だん》トツにうまい梨央《りお》がライバル視《し》してるのは、わたしじゃなくて杏樹《あんじゅ》だけど。

「ハーイ！　ハッピーニューイヤー、めい、梨央《りお》。」

ドキッ、そこにちょうど、三輪杏樹《みわあんじゅ》が入《はい》ってきた。長《なが》い脚《あし》をさらに強調《きょうちょう》するようなスキニージーンズをはいて、おしゃれなパープルのダウンに長《なが》ーい真《ま》っ白《しろ》のマフラーをしてる。あー今年《ことし》もまた、こんな完璧《かんぺき》なバービー人形《にんぎょう》といっしょにレッスンしなきゃならないなんて！

「杏樹《あんじゅ》、今年《ことし》もよろしくね！」

わたしが言《い》うと、杏樹《あんじゅ》は得意《とくい》のウィンクをして答《こた》えた。

「ねえふたりとも、なんでこんな早《はや》いの？」

「そう言《い》う杏樹《あんじゅ》だって早《はや》く来《き》てるじゃない。」

梨央《りお》がまたあいさつもなしに言《い》い返《かえ》すと、杏樹《あんじゅ》は欧米風《おうべいふう》に肩《かた》をすくめて言《い》った。

「ワタシは、お母《かあ》さんがレッスンの時間《じかん》をまちがえて早《はや》く送《おく》ってきただけ。」

杏樹《あんじゅ》は生《う》まれ育《そだ》ったニューヨークから去年《きょねん》日本《にほん》に帰《かえ》ってきたばかりで、レッスンは毎回《まいかい》、お母《かあ》さんが車《くるま》で送《おく》り迎《むか》えしてる。過保護《かほご》ってわけじゃなくて、ニューヨークではこれが普通《ふつう》なんだって。マイペースの杏樹《あんじゅ》には、わたしや梨央《りお》が初《はつ》レッスンに一番乗《いちばんの》りしたい気持《きも》ちなんてわからないんだろうなあ。

なんだかんだ言《い》いながらも、梨央《りお》や杏樹《あんじゅ》に刺激《しげき》を受《う》けながらバレエのレッスンを受《う》けられるのは、すっごく楽《たの》しい！　ここに、初等科《しょとうか》のころからずっといっしょにがんばってきた、親友《しんゆう》の大和田南《おおわだみなみ》が加《くわ》われば、最強《さいきょう》！

「そういえば、南《みなみ》、遅《おそ》くない？」

それぞれレオタードに着替《きか》えて、三人《にん》でストレッチをしているとき、梨央《りお》が壁《かべ》にかかった時計《とけい》を見上《みあ》げて言《い》った。

「うん、遅《おそ》いよね……どうしたんだろうね。」

「Why《ワイ》?　なんで?　ぜんぜん遅《おそ》くないよ!　レッスンまで、まだ三十分《ぷん》もある。」

杏樹《あんじゅ》はまったくわけがわからないって顔《かお》して早口《はやくち》で言《い》うけど、去年《きょねん》までは南《みなみ》も、初《はつ》レッスンには一番乗《いちばんの》り目指《めざ》して自転車《じてんしゃ》を飛《と》ばしてきてたのだ。

時間《じかん》を持《も》て余《あま》しながら念入《ねんい》りに開脚前屈《かいきゃくぜんくつ》をしていると、ドアが開《あ》いて外《そと》の空気《くうき》がさーっと流《なが》れてきた。同時《どうじ》に頭《あたま》を上《あ》げたわたしと梨央《りお》の目《め》に入《はい》ってきたのは、南《みなみ》のピンクのレオタードではなく、ラベンダー色《いろ》のレオタードだった。上級生《じょうきゅうせい》の野々宮《ののみや》さやかちゃんは、わたしたちのほうを見《み》てにっこり笑《わら》って言《い》った。

「あけましておめでとう!　今年《ことし》もよろしくね。」

ほんとに「さやか」って名前《なまえ》がぴったりの、さわやかな笑顔《えがお》。美人《びじん》でスタイル抜群《ばつぐん》でバレエも上手《じょうず》、でもぜんぜんツンとしてなくて、中学《ちゅうがく》三年生《ねんせい》のお姉《ねえ》さんなのにわたしたち下《か》級生《きゅうせい》にもやさしくて……はあ、やっぱりさやかちゃんはすてき。あこがれちゃう!

毎年《まいとし》お正月《しょうがつ》は、お母《かあ》さんとバレエショップの初売《はつう》りに行《い》って、お年玉《としだま》がわりにレオタードを一枚《まい》買《か》ってもらうのが恒例《こうれい》なんだけど、そのとき、さやかちゃんがよく着《き》ているラベンダー色《いろ》のレオタードも試着《しちゃく》してみた。でもやっぱりわたしにはまだ大人《おとな》っぽい気《き》がして、結局《けっきょく》いつもの水色《みずいろ》にしちゃった。でも今度《こんど》のは、胸《むね》のところにちっちゃなリボンがついててすっごくかわいいの！

ほんとは、いろいろなレオタードやタイツやバレエグッズが入《はい》っているお得《とく》な福袋《ふくぶくろ》も買《か》ってみたいけど、入《はい》っていたのが黒《くろ》のレオタードだったら困《こま》るもん。もっと上手《じょうず》になりたければ、体《からだ》の線《せん》や角度《かくど》が見《み》えやすいうすい色《いろ》のレオタードを着《き》るっていうのが、うちのバレエスクールの方針《ほうしん》だから。

「ねえ、このレオタード、太《ふと》って見《み》えない？」

杏樹《あんじゅ》は、千鶴先生《ちづるせんせい》に「うちは原則《げんそく》、黒《くろ》のレオタード禁止《きんし》よ！」と言《い》われたから、今日《きょう》は初《はじ》めて見《み》るクリーム色《いろ》のレオタードを着《き》ている。

「はあ!?　それ、イヤミ？」

梨央《りお》はあきれたように言《い》って、ほっそりした体《からだ》を鏡《かがみ》に映《うつ》している杏樹《あんじゅ》をギロッとにらんだ。

「イヤミ？　おー、Yummy《ヤミー》!?（おいしい!?）　あ、日本《にほん》のオセチってサイコーにおいし

いね！」

話《はなし》があっちこっちに飛《と》ぶ杏樹《あんじゅ》に、梨央《りお》はやれやれと肩《かた》をすくめる。そんなふたりのやりとりに、わたしは脚《あし》を前後《ぜんご》に開《ひら》いてスプリッツしながら笑《わら》ってしまう。杏樹《あんじゅ》と梨央《りお》はいつもこんな調子《ちょうし》だけど、実《じつ》はけっこう仲《なか》よしなのだ。

そうこうしているうちにだんだん生徒《せいと》も集《あつ》まってきて、結局南《けっきょくみなみ》がスタジオに入《はい》ってきたのは、レッスンが始《はじ》まる十分前《ぷんまえ》だった。

「どうしたの、遅《おそ》かったじゃない。」

「ごめーん、ちょっと用事《ようじ》あって。」

南《みなみ》はわたしがかわりに場所取《ばしょと》りをしておいたバーに、申《もう》し訳《わけ》なさそうに自分《じぶん》のタオルをかけ、あたふたとストレッチを始《はじ》めた。やっぱり何《なに》か用事《ようじ》があったんだ。でも南《みなみ》が初《はつ》レッスンに間《ま》に合《あ》ってよかった。

「みんな、あけましておめでとう。」

髪《かみ》をひっつめて、自分《じぶん》は黒《くろ》ずくめの練習着《れんしゅうぎ》を着《き》こんだ有村千鶴先生《ありむらちづるせんせい》がスタジオに入《はい》ってきた。そして、いろいろな格好《かっこう》でストレッチをしているわたしたちをぐるーっと見《み》まわして、にやっと笑《わら》って言《い》った。

「お正月太《しょうがつぶと》りしてる人《ひと》はいないでしょうね？」

「オーマイガッ！　やっぱり……。」

すっかり自分《じぶん》のことだと思《おも》って頭《あたま》を抱《かか》える杏樹《あんじゅ》を見《み》て、梨央《りお》と顔《かお》を見合《みあ》わせてクスッと笑《わら》う。先生《せんせい》は、初《はつ》レッスンにやってきた高等科《こうとうか》の生徒《せいと》たちの顔《かお》をひとりひとり見《み》ながら新《しん》年《ねん》のあいさつをした。

「去年《きょねん》は、有村《ありむら》バレエスクールの十周年記念《しゅうねんきねん》に、私《わたし》の長年《ながねん》の夢《ゆめ》だった『くるみ割《わ》り人形《にんぎょう》』全幕《ぜんまく》を上演《じょうえん》することができました。みんなのおかげで無事《ぶじ》に成功《せいこう》させることができて、とっても充実《じゅうじつ》したいい年《とし》になったわ。今年《ことし》も、去年以上《きょねんいじょう》にいい年《とし》になるようにしましょうね。」

「はい！」

全員《ぜんいん》で元気《げんき》よく返事《へんじ》をして、誰《だれ》からともなく拍手《はくしゅ》が起《お》こった。本当《ほんとう》に去年《きょねん》はわたしにとっても、最高《さいこう》にいい年《とし》だった。なんていっても、わたしがクララを踊《おど》ることができたなんて、今《いま》でもまだ夢《ゆめ》みたい！

今《いま》までこんなにがんばったことはないっていうぐらい、発表会《はっぴょうかい》の練習《れんしゅう》をがんばって、もっともっとバレエが大好《だいす》きになった一年《いちねん》だった。今《いま》ちょっと不安《ふあん》なのは、千鶴先生《ちづるせんせい》が言《い》ったみたいに、「今年《ことし》も、去年以上《きょねんいじょう》にいい年《とし》にする」なんてことができるのかな？ってこと。

「はい、バーレッスンを始《はじ》めます。プリエからね……足《あし》を一番《ばん》にして。」

先生《せんせい》が手《て》をパンパンとたたいたのを合図《あいず》に、十五人《にん》ぐらいの生徒《せいと》たちがいっせいにバーについて、足《あし》を一番《ばん》ポジションにする。

両足《りょうあし》のかかとをつけてつま先《さき》を真横《まよこ》に開《ひら》き、内《うち》ももから膝《ひざ》の裏側《うらがわ》、ふくらはぎまでぴたーっとつけるようにして、「でっちり」にならないようにお尻《しり》を引《ひ》っこめて、ぐーっとおなかを引《ひ》き上《あ》げる。足《あし》を一番《ばん》ポジションにするだけでも、こんなにいっぱい気《き》をつけなくちゃいけないことがあるんだから、ふう……バレエってほんとにすごい！

「ドゥミ・プリエ……膝《ひざ》を外側《そとがわ》に向《む》けて……グラン・プリエ。」

プリエのためのゆっくりした練習曲《れんしゅうきょく》に合《あ》わせて、両脚《りょうあし》の膝《ひざ》をまげてゆっくり下《した》まで降《お》りていく。いよいよ、今年初《ことしはじ》めてのレッスンが始《はじ》まる……ああ、もうワクワクしてたまらない！

だって冬休《ふゆやす》みだったから、バレエのレッスンは一週間《しゅうかん》ぶりなんだもの。でも、体《からだ》はそんなになまってないはず。大晦日《おおみそか》だって元日《がんじつ》だって、家《いえ》でちゃんとストレッチしてたから……って、テレビを見《み》ながらだけど。

バーレッスンが退屈《たいくつ》、なんて思《おも》ったこともあったけど、それは去年《きょねん》までのわたし。バレエの優雅《ゆうが》な動《うご》きは全部《ぜんぶ》、このバーレッスンの基礎《きそ》に支《ささ》えられてるって身《み》にしみてわかったから。

プリエ、タンデュ、ジュテ……どの動《うご》きにも集中《しゅうちゅう》して、体《からだ》の中心《ちゅうしん》から股関節《こかんせつ》を外側《そとがわ》に開《ひら》いてアン・ドゥオール、膝《ひざ》と甲《こう》はしっかり伸《の》ばす。うん、いい感《かん》じ！　この調子《ちょうし》なら、今《こ》年《とし》は千鶴先生《ちづるせんせい》にフルネームでどなられる回数《かいすう》も減《へ》るんじゃないかな？

「めい！　腕《うで》が棒《ぼう》みたいにつっぱってる！　もっとひじをゆるめて……お正月休《しょうがつやす》みで、ポール・ド・ブラも忘《わす》れたの!?　森原《もりはら》めい――！」

あちゃー！　脚《あし》のことばっかり気《き》にして、手《て》のことをすっかり忘《わす》れてた。バレエで気《き》をつけるのは脚《あし》だけじゃなくて、ポール・ド・ブラ、腕《うで》の動《うご》かし方《かた》もとっても大事《だいじ》なのだ。

先生《せんせい》は横《よこ》に伸《の》ばしたわたしの腕《うで》をもって、ひじに丸《まる》みを持《も》たせるように直《なお》しながら言《い》った。

「みんなも同《おな》じよ。ポール・ド・ブラはやわらかく、正確《せいかく》に。高等科《こうとうか》になったら、腕《うで》の動《うご》きや指先《ゆびさき》まで神経《しんけい》を使《つか》わないと。」

足《あし》に一番《ばん》から六番《ばん》ポジションまであるように、腕《うで》にも、両腕《りょううで》を下《お》ろして楕円《だえん》を作《つく》るアン・バー、そこからおなかのあたりまで前《まえ》に上《あ》げたアン・ナヴァン、頭《あたま》の上《うえ》まで上《あ》げたアン・オー、といったふうにたくさんのポジションがあって、ポジションからポジションまでの道筋《みちすじ》や、顔《かお》のつけ方《かた》も決《き》まってる。これがわたしはけっこう苦手《にがて》。

めいのバレエ教室《きょうしつ》❶

足《あし》のポジション

お話《はなし》の中《なか》に普通《ふつう》に出《で》てくる足《あし》のポジション。足《あし》の置《お》き方《かた》は番号《ばんごう》で決《き》められています。このほかに両足《りょうあし》をまっすぐそろえる6番《ばん》もあります。わたしは習《なら》いはじめ、5番《ばん》が苦手《にがて》だったな。想像《そうぞう》しながら　読《よ》んでみてね。　（めい）

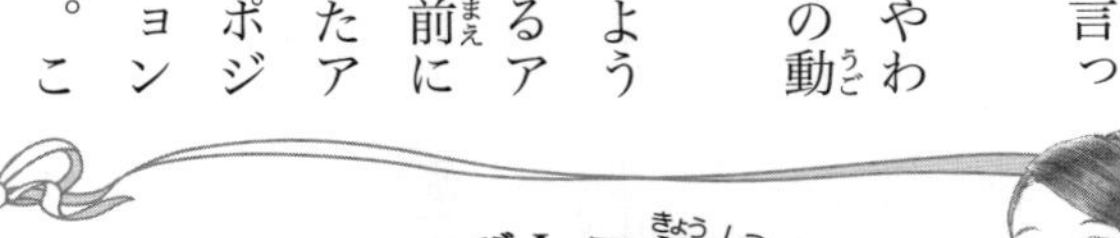

1番《ばん》
かかとどうしをつけ、つま先《さき》は外《そと》に向《む》ける。180度《ど》になるのが理想《りそう》。

2番《ばん》
1番《ばん》から両足《りょうあし》を肩《かた》幅《はば》に開《ひら》く。つま先《さき》は外《そと》に向《む》ける。

4番《ばん》
5番《ばん》の前《まえ》の脚《あし》を1足分《そくぶん》前《まえ》に出《だ》して、置《お》く。

5番《ばん》
両脚《りょうあし》の膝《ひざ》とつま先《さき》をそれぞれ外側《そとがわ》真横《まよこ》に向《む》けて前後《ぜんご》に重《かさ》ねる。

「ポール・ド・ブラがきれいに使《つか》えるようになると、踊《おど》り全体《ぜんたい》が急《きゅう》に大人《おとな》っぽくなるのよ。」

そうか！　さやかちゃんみたいに大人《おとな》っぽくて優雅《ゆうが》な踊《おど》りをするには、上半身《じょうはんしん》の動《うご》きがもっときれいにならないとダメなんだ。よしっ、がんばろう。もっとポール・ド・ブラを意識《いしき》して、子《こ》どもっぽい踊《おど》りを卒業《そつぎょう》すること……それを今年《ことし》の目標《もくひょう》のひとつにしよう。

「黒鳥《こくちょう》は、白鳥《はくちょう》よりアクセントつけて踊《おど》るよ。ジャンプ、もっとシャープに……パ・ド・ブーレも、はっきりきざんで！」
コンクールレッスンで、「黒鳥《こくちょう》のヴァリエーション」を踊《おど》るさやかちゃんは、いつもよりさらに大人《おとな》っぽく見《み》える。キレのある回転《かいてん》、メリハリのある手足《てあし》の動《うご》きに見《み》とれて、ついクールダウンのストレッチが止《と》まってしまう。
「さやかちゃん、次《つぎ》のコンクールで賞《しょう》を取《と》ったら、スカラシップで海外《かいがい》のバレエ学校《がっこう》に

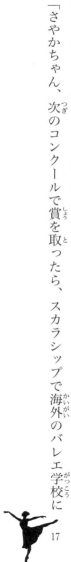

レッスンを受《う》けに行《い》きたいんだって。」

横《よこ》に並《なら》んでいっしょにストレッチをしていた南《みなみ》が小声《こごえ》で言《い》った。スカラシップって、奨《しょう》学金《がくきん》のこと。さすが、さやかちゃんはいつも高《たか》い目標《もくひょう》を持《も》ってバレエに取《と》り組《く》んでいるんだ。

「さやかちゃんなら、ぜったい一位《い》ね！」

南《みなみ》のとなりで、さやかちゃんの踊《おど》りを目《め》を輝《かがや》かせて見《み》ていた杏樹《あんじゅ》が言《い》うと、そばでトウシューズならしをしていた梨央《りお》が振《ふ》り返《かえ》った。

「中学生《ちゅうがくせい》の部《ぶ》は、そんなに甘《あま》くないみたいだよ。こないだ十位《い》にも入《はい》らなかったって。」

そうなんだ……このバレエスクールにいる

めいのバレエ教室《きょうしつ》❷

黒鳥《こくちょう》のヴァリエーション

「白鳥《はくちょう》の湖《みずうみ》」の第《だい》３幕《まく》で踊《おど》られる、王子《おうじ》と黒鳥《こくちょう》オディールのグラン・パ・ド・ドゥ（男女《だんじょ》ふたりが踊《おど》る見《み》せ場《ば》の踊《おど》り）の中《なか》で、オディールがひとりで踊《おど》る部分《ぶぶん》を指《さ》します。悪魔《あくま》ロットバルトの娘《むすめ》オディールは、王子《おうじ》を誘惑《ゆうわく》して、悪魔《あくま》の魔法《まほう》で白鳥《はくちょう》に変《か》えられたオデットへの愛《あい》を裏切《うらぎ》るように仕向《しむ》けるのです。そういう役柄《やくがら》がしっかりわかるように踊《おど》るのが、とても大切《たいせつ》。こんなむずかしい踊《おど》りに挑戦《ちょうせん》する、さやかちゃんて、すごいな。（めい）

と、さやかちゃんよりうまい中学生《ちゅうがくせい》がいるなんて想像《そうぞう》できないけど、上《うえ》には上《うえ》がいるってことなんだ。さやかちゃんが最後《さいご》のポーズを決《き》めて、曲《きょく》が終《お》わった。激《はげ》しい踊《おど》りだから、さやかちゃんの息《いき》が切《き》れてる。

「いい？　羽根《はね》の動《うご》きも、最初《さいしょ》は白鳥《はくちょう》のようにソフトに、後半《こうはん》はだんだん強《つよ》く、大《おお》きく腕《うで》を使《つか》うの。」

千鶴先生《ちづるせんせい》が、両手《りょうて》を上《あ》げて、鳥《とり》が羽《は》ばたくように大《おお》きく動《うご》かしてみせる。わあ、まるで腕《うで》の骨《ほね》がないみたいにしなやかで、背中《せなか》から翼《つばさ》が生《は》えているみたいに見《み》える。すごい！　腕《うで》をちょっと動《うご》かしただけで、本物《ほんもの》の白鳥《はくちょう》みたいに見《み》えるなんて。

更衣室《こういしつ》に水《みず》を飲《の》みに行《い》った帰《かえ》り、ちょうど廊下《ろうか》の大《おお》きな鏡《かがみ》にわたしの全身《ぜんしん》が映《うつ》った。わたしは、誰《だれ》も見《み》ていないことを確認《かくにん》してから、鏡《かがみ》に向《む》かってそっと、両腕《りょううで》を横《よこ》に広《ひろ》げ、今《いま》見《み》たばかりの、白鳥《はくちょう》の羽《は》ばたきをやってみた。

千鶴先生《ちづるせんせい》とさやかちゃんの真似《まね》をして、ひじと手首《てくび》を順々《じゅんじゅん》に上《あ》げ下《さ》げして、ひらひら動《うご》かしてみたけど、うーん、なんか全然《ぜんぜん》ちがう！　なんでわたしがやると、白鳥《はくちょう》みたいにならないんだろう……。

「ぷーっ、おまえ、それで白鳥《はくちょう》のつもりかよ！」

えっ!? 背後《はいご》から聞《き》こえた声《こえ》に、あわてて腕《うで》を引《ひ》っこめて振《ふ》り返《かえ》ると、いつの間《ま》にかそこに立《た》っていた透《とおる》くんがおなかを抱《かか》えて笑《わら》っていた。ああ、恥《は》ずかしい！ わたしはカーッと顔《かお》に血《ち》が上《のぼ》り、耳《みみ》まで熱《あつ》くなった。よりにもよって、いちばん見《み》られたくない人《ひと》に見《み》られちゃった。

「それじゃ、どう見《み》ても、おぼれそうになってるアヒルだな。」

ひどーい！ 中学《ちゅうがく》三年生《ねんせい》の月村透《つきむらとおる》くんは、このバレエスクールのスターで、半年前《はんとしまえ》まではわたしのあこがれの人《ひと》だったけど、今《いま》は全然《ぜんぜん》！ だって、カッコいい理想《りそう》の王子様《おうじさま》のような見《み》かけとはちがって、中身《なかみ》は毒舌《どくぜつ》でえらそうな、超《ちょう》イヤなやつってわかったから。

それも、この本性《ほんしょう》を知《し》っているのはこのバレエスクールでわたしだけ。南《みなみ》たちもみんな透《とおる》くんのファンだから、言《い》ったって誰《だれ》も信《しん》じてくれないだろうし。

「別《べつ》に、白鳥《はくちょう》になろうなんて思《おも》ってません！」

わたしがなんとか言《い》い返《かえ》すと、透《とおる》くんは口《くち》をひんまげてイジワルそうな笑《わら》いを浮《う》かべてから、スタジオのドアを開《あ》けた。

「あけましておめでとうございます。」

まるで別人《べつじん》みたいなやさしい声《こえ》……！　わたしも続《つづ》いてスタジオに戻《もど》ると、そこにいる生徒《せいと》たち全員《ぜんいん》の目線《めせん》が、透《とおる》くんのさわやかな笑顔《えがお》に向《む》けられている。ひとりひとりと目《め》が合《あ》うたびにニコッとしてみせる様子《ようす》に、南《みなみ》も、杏樹《あんじゅ》も、そういうことにはクールな梨央《りお》まで、うっとりしちゃって……はあ、透《とおる》くんのこの変《か》わりよう、ほんとムカつくーっ！

「あけましておめでとう、透《とおる》くん。今日《きょう》のリハーサルはもう終《お》わったの？」

千鶴先生《ちづるせんせい》もニコニコして透《とおる》くんを迎《むか》える。このバレエスクール唯一《ゆいいつ》の男《おとこ》の子《こ》である透《とおる》くんは、中学生《ちゅうがくせい》バレエダンサーとしてマスコミにも注目《ちゅうもく》されて、ほかのバレエ団《だん》の公演《こうえん》にも出《で》ている。

「いえ、まだこれから三幕《まく》のリハなんです。今日《きょう》は初《はつ》レッスンに参加《さんか》できなかったので、新年《しんねん》のごあいさつにうかがいました。今年《ことし》もよろしくお願《ねが》いします。」

透《とおる》くんは千鶴先生《ちづるせんせい》にさっと頭《あたま》を下《さ》げて、スタジオを出《で》ていった。

「レッスンできないのにわざわざあいさつに来《く》るなんて、透《とおる》くんって礼儀正《れいぎただ》しいよね。」

「So cool!《ソー クール》（カッコいい！）」

「こういうとこほんと、尊敬《そんけい》するわ。」

もう、南《みなみ》も杏樹《あんじゅ》も梨央《りお》も、だまされちゃダメ、すべてはあの本性《ほんしょう》をかくすためなんだから……って言《い》いたいけど、言《い》えるわけない。

でもたしかに、まだ中学生《ちゅうがくせい》なのにあんな大人《おとな》みたいなあいさつができたり、もう一人前《いちにんまえ》のダンサーとして認《みと》められてたり、透《とおる》くんってやっぱりすごいんだなあ……はあ、あんな裏《うら》の顔《かお》、知《し》りたくなかったー！

「めい、南《みなみ》、梨央《りお》、杏樹《あんじゅ》、ちょっとこれ、見《み》てくれる？」

スタジオに残《のこ》っているのがわたしたち四人《にん》だけになったとき、千鶴先生《ちづるせんせい》が手招《てまね》きした。

わたし、梨央《りお》、南《みなみ》、杏樹《あんじゅ》がスタジオの一角《いっかく》にあるモニターの前《まえ》に集《あつ》まると、先生《せんせい》は何《なに》も言《い》わずにＤＶＤ《ディーブイディー》を再生《さいせい》した。

ほの暗《ぐら》い、青《あお》っぽい光《ひかり》に包《つつ》まれた舞台《ぶたい》に、四人《にん》のバレリーナが手《て》をつなぎあって登場《とうじょう》した。真《ま》っ白《しろ》のチュチュに、白《しろ》い羽根《はね》の髪飾《かみかざ》り、これって白鳥《はくちょう》の衣装《いしょう》だ……！

ポッポポッポッポッ、というリズムの、速《はや》いテンポの曲《きょく》が始《はじ》まり、四人《にん》は体《からだ》の前《まえ》で手《て》をクロスしてつなぎあったまま踊《おど》り始《はじ》める。小《ちい》さなジャンプの連続《れんぞく》でまず右《みぎ》に進《すす》み、折《お》り返《かえ》してまた左《ひだり》に進《すす》む。

小《こ》きざみな脚《あし》の動《うご》きと顔《かお》の向《む》きが四人《にん》ともぴったりそろってる。目《め》にも留《と》まらないような速《はや》くて細《こま》かいステップの連続《れんぞく》に見《み》とれてしまう。なんてきれいなんだろう！　夢中《むちゅう》で見《み》ているうちに四人《にん》の踊《おど》りは終《お》わった。これって、たしか……。

「『四羽《わ》の白鳥《はくちょう》』は、『白鳥《はくちょう》の湖《みずうみ》』の第《だい》二幕《まく》に出《で》てくる、有名《ゆうめい》な踊《おど》りよ。」

そうだ、「四羽《わ》の白鳥《はくちょう》」だ！

「あなたたち、見《み》たことある？」

梨央《りお》と杏樹《あんじゅ》はうなずいたけど、わたしと南《みなみ》は微妙《びみょう》な顔《かお》で首《くび》を振《ふ》る。「四羽《わ》の白鳥《はくちょう》」って、写真《しゃしん》やイラストで目《め》にしたり、テレビのCM《シーエム》とかでパロディみたいに使《つか》われたりすることが多《おお》いから、なんとなく知《し》っているけど、一度《いちど》もちゃんと見《み》たことはなかった。

ん？　でもなんで千鶴先生《ちづるせんせい》は、わたしたちにこんなDVD《ディーブイディー》を見《み》せたんだろう？

「実《じつ》はね、毎年《まいとし》、三月末《がつまつ》に開《ひら》かれているバレエフェスティバルに、うちのバレエスクールがひと枠《わく》もらえることになったのよ。」

バレエフェスティバル……？　わたしたちは思《おも》わず顔《かお》を見合《みあ》わせた。すると千鶴先生《ちづるせんせい》は、何《なに》かたくらんでるみたいな笑《え》みを浮《う》かべて、信《しん》じられないようなことを口《くち》にした。

「なんの演目《えんもく》にするか、いろいろ考《かんが》えたんだけど……あなたたち四人《にん》で、『四羽《わ》の白鳥《はくちょう》』を踊《おど》ってみない？」

2「四羽《わ》の白鳥《はくちょう》」って、どんな踊《おど》り!?

「ただいま――――!」

玄関《げんかん》のドアを思《おも》いきり開《あ》けると、ふわーっとカレーのいいにおいがした。やった、今日《きょう》はどこまでハッピーな日《ひ》なんだろう!

「めいちゃん、お帰《かえ》りー!」

妹《いもうと》のジュンがリビングから廊下《ろうか》に走《はし》り出《で》てきた。ふたつ年下《としした》、三年生《ねんせい》のジュンは、サッカーに夢中《むちゅう》で、今《いま》は地元《じもと》の女子《じょし》サッカーチームに所属《しょぞく》してる。最近《さいきん》急《きゅう》に背《せ》が伸《の》びて、今年《ことし》こそ追《お》いぬかれちゃいそう。

「クイズ。今日《きょう》はなんのカレーでしょう?」

ジュンが得意《とくい》そうに言《い》うので、わたしもどうしても一回《かい》で当《あ》ててやりたくて、目《め》を閉《と》じてキッチンから流《なが》れてくるにおいに集中《しゅうちゅう》した。これは……。

「わかった！　お母《かあ》さん特製《とくせい》の、トマトとコンビーフのカレーだ！」

「ちぇーっ、めいちゃん、ぜったい当《あ》てるんだもんー。」

ジュンは不満《ふまん》そうな顔《かお》で、キッチンで夕飯《ゆうはん》の支度《したく》をしているお母《かあ》さんのところに行《い》った。お正月《しょうがつ》はお弁当屋《べんとうや》さんのパートもお休《やす》み。昔《むかし》、「おせちもいいけどカレーもね！」っていうCM《シーエム》があったらしくて、お母《かあ》さんはお正月《しょうがつ》にかならずカレーを作《つく》る。

「めい、お帰《かえ》り。初《はつ》レッスンはどうだった？」

「うん、すっごく楽《たの》しかったよ。それでね……大《だい》ニュースがあるの！」

「何《なに》、大《だい》ニュースって!?　めいちゃん、教《おし》えて、教《おし》えて──！」

ジュンが大《おお》きな目《め》をもっと見開《みひら》いてせっついてくるけど、ダメダメ、まだお父《とう》さんが帰《かえ》ってきてない。

「ちょっと待《ま》って。お父《とう》さんは？」

「お父《とう》さん、今日《きょう》、会社《かいしゃ》の仕事始《しごとはじ》めだからね。そろそろ帰《かえ》ってくると思《おも》うけど……。」

お母《かあ》さんが言《い》ったとき、ちょうど玄関《げんかん》のドアが開《あ》いた。

「ただいま──。」

「お父《とう》さん、お帰《かえ》りなさーい！」

ジュンが玄関《げんかん》に走《はし》っていく。仕事帰《しごとがえ》りのスーツを着《き》たお父《とう》さんは、家《いえ》でスエットの上下《じょうげ》を着《き》てゴロゴロしてるときより、ずっとカッコよく……ってほどでもないけど、まあまあ、まともに見《み》える。

「こっちは寝正月《ねしょうがつ》ボケが抜《ぬ》けてないっていうのに、朝《あさ》からあいさつまわりでまいったよー。」

文房具《ぶんぼうぐ》を作《つく》る会社《かいしゃ》で営業《えいぎょう》の仕事《しごと》をしてるお父《とう》さんは、昔《むかし》サッカーをやってたから、ジュンのサッカーに、「未来《みらい》のなでしこ！」なんて言《い》って大《おお》いに期待《きたい》してる。それにひきかえわたしのバレエには全然興味《ぜんぜんきょうみ》ないけど、去年《きょねん》はじめて発表会《はっぴょうかい》を観《み》に来《き》てくれてうれしかった。わたしはもう待《ま》ちきれなくて、みんながテーブルに着《つ》くなりしゃべりはじめちゃった。

「ねえ、お父《とう》さん、わたしね……千鶴先生《ちづるせんせい》にバレエフェスティバルに出《で》てみないかって言《い》われたの！」

「すごいじゃないか、めい！」

お父《とう》さんは目《め》を丸《まる》くして、ビールをぐーっと飲《の》んでから言《い》った。

「……で、その、なんとかフェスティバルっていうのは、なんなんだ？」

「もう、お父《とう》さん、なんにも知《し》らないのにすごい、なんてテキトーすぎ。」

ジュンがカレーのスプーンを持《も》ったまま口《くち》をとがらせる。バレエフェスティバルは、毎《まい》年《とし》三月末《がつまつ》に開《ひら》かれているバレエのイベントで、申《もう》しこみのあったバレエスクールの中《なか》から抽選《ちゅうせん》で選《えら》ばれた二十組《くみ》が出演《しゅつえん》できる。先生《せんせい》は毎年応募《まいとしおうぼ》していたけど、今年初《ことしはじ》めて選《えら》ばれたっていうから、かなりの倍率《ばいりつ》みたい。バレエコンサート方式《ほうしき》で、持《も》ち時間《じかん》はひと組《くみ》四分《ぷん》以内《いない》、曲目《きょくもく》、演目《えんもく》は自由《じゆう》。千鶴先生《ちづるせんせい》は言《い》った。

「あなたたち、同《おな》じ五年生《ねんせい》だし、いつもいっしょにがんばっているのを見《み》てて、思《おも》ったのよ。この四人《にん》で何《なに》か踊《おど》らせたいって。」

そういえば、高等科《こうとうか》で五年生《ねんせい》なのは、わたしと南《みなみ》、梨央《りお》と杏樹《あんじゅ》の四人《にん》だけ。わたしたちは、新年《しんねん》の初《はつ》レッスンでのサプライズに、びっくりしすぎてうれしすぎて、気《き》がついたら手《て》を取《と》りあってピョンピョン跳《と》びはねてた。わたしは、これがちょっと遅《おそ》めの初夢《はつゆめ》だったらどうしよう、と思《おも》いながら。

「このフェスティバルは参加費《さんかひ》もないし、衣装《いしょう》も貸《か》してもらえるし……だからわたし、出《で》てもいい？」

わたしは、お母《かあ》さんのカレーをおいしそうに食《た》べているお父《とう》さんの顔《かお》をのぞきこむようにして聞《き》いた。「くるみ割《わ》り人形《にんぎょう》」のときは、いつもの発表会《はっぴょうかい》より参加費《さんかひ》がかかるから言《い》いだしにくくて大変《たいへん》だったんだけど、今回《こんかい》はちょっと気《き》がラク。

「もちろんだよ。がんばれよ、めい！　またみんなで応援《おうえん》に行《い》くからな。」

お父《とう》さんはニコニコして言《い》ってくれた。やった！　するとジュンが、お父《とう》さんをきっと

にらんで言《い》った。

「お父《とう》さん、もうぜったい横断幕《おうだんまく》なんか作《つく》んないでよ！」

わたしがクララを踊《おど》ったときにお父《とう》さんが作《つく》ってくれた『めい　がんばれ』と書《か》いた横《おう》断幕《だんまく》は、わたしの勉強机《べんきょうづくえ》のところに飾《かざ》ってある。ジュンは、ふたりで共有《きょうゆう》の子《こ》ども部屋《べや》がダサくなるっていやがるけど、わたしにとっては宝物《たからもの》。

「よかったわねえ。南《みなみ》ちゃんたちと四人《にん》で、何《なに》を踊《おど》るの？」

お母《かあ》さんに聞《き》かれて、わたしは、とても大切《たいせつ》な言葉《ことば》を口《くち》にするようにそーっと言《い》った。

「あのね……『四羽《わ》の白鳥《はくちょう》』っていう踊《おど》りなの。」

「白鳥《はくちょう》!?　めいちゃん、白鳥《はくちょう》になるの？　すごい！」

ジュンが大《おお》きな声《こえ》を出《だ》して反応《はんのう》したので、わたしはちょっと照《て》れながら説明《せつめい》した。

「うん、『白鳥《はくちょう》の湖《みずうみ》』の第《だい》二幕《まく》に出《で》てくる、小《ちい》さな白鳥《はくちょう》たちの踊《おど》りなの。四人《にん》で手《て》を組《く》みあって踊《おど》る、有名《ゆうめい》な踊《おど》りなんだよ。」

いかにもよく知《し》ってるって顔《かお》で言《い》ったけど、わたしもさっき千鶴先生《ちづるせんせい》に教《おし》えてもらったばかり。

「でもね、ほんとは本物《ほんもの》の白鳥《はくちょう》じゃなくて、もともとはお城《しろ》に住《す》むお姫様《ひめさま》の侍女《じじょ》たちなんだって。」

「えー、そうなのー？」

「うん。悪魔《あくま》に白鳥《はくちょう》の姿《すがた》に変《か》えられちゃって、人間《にんげん》に戻《もど》れる夜《よる》の間《あいだ》だけ、湖《みずうみ》のほとりで踊《おど》るの。」

ジュンに説明《せつめい》しているうちに、観《み》たこともない「白鳥《はくちょう》の湖《みずうみ》」の場面《ばめん》を想像《そうぞう》して、なんだかうっとりしてきちゃった。わたしたち四人《にん》で、「四羽《わ》の白鳥《はくちょう》」を踊《おど》れるなんて、やっぱりまだ夢《ゆめ》みたい。ああ、早《はや》く踊《おど》ってみたい！

「めい。バレエをがんばるのはいいことだけど、四月《がつ》には六年生《ねんせい》になるんだ。勉強《べんきょう》もしっかりしないとダメだぞ。」

お父《とう》さんの顔《かお》が、さっきよりマジになってる。

「成績《せいせき》が落《お》ちたらバレエはやめさせる、っていう約束《やくそく》、忘《わす》れないようにな。」

「はいっ！」

うわー、お父《とう》さんにグサッとクギを刺《さ》された。そうだ……このバレエフェスティバルが終《お》わったら、わたしたちは六年生《ねんせい》になるんだ。

五年生《ねんせい》と六年生《ねんせい》って、今《いま》までと同《おな》じように一学年上《がくねんあ》がるだけだけど、なんかすごくちがう気《き》がする。六年生《ねんせい》になったら、何《なに》かがガラリと変《か》わってしまうんだろうか？

そう思《おも》ったら、残《のこ》り少《すく》ない五年生《ねんせい》の日々《ひび》が、急《きゅう》に貴重《きちょう》なものに思《おも》えてきた。五年生最後《ねんせいさいご》の「四羽《わ》の白鳥《はくちょう》」、みんなでせいいっぱいがんばろう！

「『四羽《わ》』、まず背《せ》の順《じゅん》に並《なら》んでくれる？　いちばん高《たか》いのは誰《だれ》かしら。」
次《つぎ》のレッスンのあと、千鶴先生《ちづるせんせい》はわたしたちを背《せ》の順《じゅん》に並《なら》べた。いちばん背《せ》が高《たか》いのは杏樹《あんじゅ》、次《つぎ》が梨央《りお》、わたし、南《みなみ》の順《じゅん》だ。
「じゃあ杏樹《あんじゅ》と梨央《りお》が両端《りょうはじ》で、めいと南《みなみ》がまんなかね。」
左《ひだり》から、杏樹《あんじゅ》、わたし、南《みなみ》、梨央《りお》の順《じゅん》に決《き》まった。こうやって並《なら》ぶと、みんなだいたい同《おな》じぐらいの高《たか》さに見《み》えるから不思議《ふしぎ》。そのとき、梨央《りお》がこっちを見《み》て合図《あいず》してきた。実《じつ》は今日《きょう》、レッスンが始《はじ》まる前《まえ》、四人《にん》でこっそり、「四羽《わ》の白鳥《はくちょう》」の手《て》のつなぎ方《かた》を練習《れんしゅう》してみたのだ。

「たしか、体《からだ》の前《まえ》で両腕《りょううで》をばってんにして、となりの人《ひと》と手《て》をつなぐんだよね……こう？　あれ？　こうかな？」

自分《じぶん》たちで練習《れんしゅう》して、さっと手《て》をつないでみせたら、先生《せんせい》はびっくりして喜《よろこ》んでくれるかも、なんて盛《も》り上《あ》がって、いろいろやってみたけど、うーん、なんかちがう……。

「あなたたち、それじゃこんがらがっちゃって踊《おど》れないわよ。」

なんとか自己流《じこりゅう》で手《て》をつなごうとしているわたしたちを見《み》て、千鶴先生《ちづるせんせい》はおかしそうに笑《わら》いをこらえて言《い》った。

「みんな、こうやって、両手《りょうて》を広《ひろ》げて。」

先生《せんせい》は両腕《りょううで》をななめ下《した》に向《む》かって広《ひろ》げてみせた。先生《せんせい》の真似《まね》をして両手《りょうて》を広《ひろ》げる。

「はい、今自分《いまじぶん》のおなかの前《まえ》に誰《だれ》の手《て》がある？」

そう言《い》われてみんないっせいに下《した》を見《み》た。自分《じぶん》のおなかの前《まえ》にあるのは、杏樹《あんじゅ》と南《みなみ》の手《て》。広《ひろ》げたわたしの左手《ひだりて》は杏樹《あんじゅ》の前《まえ》に、右手《みぎて》は南《みなみ》の前《まえ》にある。

そうか、自分《じぶん》の両腕《りょううで》を体《からだ》の前《まえ》でばってんにするんじゃないんだ。ひとりひとりは両手《りょうて》を広《ひろ》げて、片手《かたて》はとなりの人《ひと》、もう一方《いっぽう》の手《て》はとなりのとなりの人《ひと》とつなぐから、その腕《うで》が交差《こうさ》してばってんになるんだ。

「いい？　腕《うで》が重《かさ》なってクロスするときは、かならず右《みぎ》が上《うえ》になるようにしてね。これがそろってないときれいじゃないの。」

重《かさ》なるときは右手《みぎて》が上《うえ》、みんなで確認《かくにん》しあう。左《ひだり》が上《うえ》になっているところは直《なお》して、うん、大丈夫《だいじょうぶ》。

「じゃあ、おなかの前《まえ》の手《て》と手《て》をつないで。両端《りょうはじ》の人《ひと》は、自分《じぶん》のおなかの前《まえ》にある手《て》と、外側《そとがわ》にある手《て》をつないで……そう、しっかりひじを張《は》って……はい！」

先生《せんせい》がぱんっと手《て》をたたいた。わたしは左手《ひだりて》を杏樹《あんじゅ》と、右手《みぎて》を梨央《りお》とつないだ。すると、鏡《かがみ》の中《なか》のわたしたちの手《て》は、あのとき見《み》た「四羽《わ》の白鳥《はくちょう》」とおんなじになってる！　四人《にん》の間《あいだ》に腕《うで》のばってんが三つ。できた！

「これが、『四羽《わ》』の手《て》のつなぎ方《かた》。踊《おど》るときは、友達《ともだち》の手《て》を引《ひ》っぱったり、ふわふわ動《うご》いたりしないように、しっかりおなかの前《まえ》で押《お》さえること。」

千鶴先生《ちづるせんせい》の言葉《ことば》にうなずきながら、わたしたちはすっかり満足《まんぞく》して鏡《かがみ》の中《なか》の「四羽《わ》」の姿《すがた》に見《み》とれていた。

「『四羽《わ》』はいつもこの状態《じょうたい》で踊《おど》るのよ。前後《ぜんご》にでこぼこしたり、くっついたりはなれたりしないで、四人《にん》きれいに並《なら》んだまま動《うご》くの。よく覚《おぼ》えておいてね。」

こうやって実際《じっさい》手《て》を組《く》みあってると、思《おも》ったよりとなりの友達《ともだち》との距離《きょり》が近《ちか》い。こんなぴったりくっついたまま踊《おど》るんだ……たしかに、ちょっとこんがらがりそう。

「はい、じゃあ手《て》をはなして。最初《さいしょ》は手《て》をつながないで、まず脚《あし》だけやりますよ。」

せっかくきれいにできた「四羽《わ》」の手《て》をはなすのがもったいなかったけど、しょうがない。わたしはしぶしぶ、杏樹《あんじゅ》と梨央《りお》の手《て》をはなした。

鏡《かがみ》に向《む》かって立《た》つ千鶴先生《ちづるせんせい》の後《うし》ろに、わたしたち四人《にん》が並《なら》ぶ。新《あたら》しい踊《おど》りの振《ふ》り付《つ》けを覚《おぼ》えるときは、まだトウシューズは履《は》かずにバレエシューズのまま、先生《せんせい》の動《うご》きを見《み》て、ステップの順番《じゅんばん》を覚《おぼ》えるのだ。

「まず四人並《にんなら》んで上手《かみて》から出《で》てきて。」

上手《かみて》っていうのは、客席《きゃくせき》から見《み》て、舞台《ぶたい》の右側《みぎがわ》のこと。ちなみに左側《ひだりがわ》は下手《しもて》。だから、スタジオでは鏡《かがみ》に向《む》かって左側《ひだりがわ》が上手《かみて》で右側《みぎがわ》が下手《しもて》ってこと……わたしもときどき頭《あたま》がこんがらがっちゃうけど。

鏡《かがみ》に向《む》かって左後《ひだりうし》ろのコーナーから、梨央《りお》が先頭《せんとう》で、次《つぎ》に南《みなみ》、わたし、最後《さいご》に杏樹《あんじゅ》が出《で》ていく。

「まずアンボアテね。前《まえ》のクッペ、後《うし》ろのクッペ、交互《こうご》に……それを右方向《みぎほうこう》に十回《かい》。」

アンボアテは、高等科《こうとうか》のレッスンでもときどきやるプティ・ジャンプ、「小《ちい》さなジャンプ」のひとつだ。つま先《さき》が足首《あしくび》の前側《まえがわ》にふれる「前《まえ》のクッペ」から跳《と》んで、後《うし》ろ側《がわ》にふれる「後《うし》ろのクッペ」におりて、また跳《と》んで「前《まえ》のクッペ」におりる……このくり返《かえ》しを十回《かい》で、右端《みぎはじ》まで行《い》く。

「十回《かい》めのクッペをソテして、パ・ド・ブーレ、パッセからクッペにおりて、方向《ほうこう》を変《か》える。今度《こんど》は反対方向《はんたいほうこう》、左向《ひだりむ》きに進《すす》みながらまた十回《かい》。」

ソテもパ・ド・ブーレもパッセも、どれもレッスンでよく出《で》てくるステップの組《く》み合《あ》わせだから、わたしにもすぐ覚《おぼ》えられる。

「アンボアテで二往復《おうふく》したら、センターでカトル、パッセ、カトル、パッセ、エシャッペ四回《かい》……これを四セットね。」
アントルシャ・カトルは、両脚《りょうあし》でジャンプして空中《くうちゅう》で足《あし》をすばやく交差《こうさ》させるのがちょっとむずかしいけど、エシャッペとパッセは、ベビー科《か》の子《こ》でも知《し》ってる「子《こ》どもの定番《ていばん》」的《てき》なステップ。わたしなんて、何《なに》を踊《おど》っていても、エシャッペとパッセが出《で》てくると、ほっとしちゃうぐらい。

そのあとも、アラベスクや「ねこのステップ」という意味《いみ》のプティ・ジャンプ、パ・ド・シャなど、わたしたちが初等科《しょとうか》のころからやっている基礎的《きそてき》な動《うご》きの連続《れんぞく》、くり返《かえ》しがほとんどだった。

それに、「四羽《わ》の白鳥《はくちょう》」は手《て》をつなぎあって踊《おど》るから、手《て》の振《ふ》り付《つ》けはラストのアラベスクとポーズだけだし、これならわたしでもなんとかなりそう。よかったー！

「つまんないなあ、こんな初等科《しょとうか》みたいなかんたんなパしか入《はい》ってないなんて。」

休憩《きゅうけい》で更衣室《こういしつ》に水《みず》を飲《の》みに行《い》ったとき、梨央《りお》が言《い》った。梨央《りお》はステップのことを、正式《せいしき》なフランス語《ご》のバレエ用語《ようご》で「パ」と言《い》う。それだけでなんか、本格的《ほんかくてき》にバレエをやってるって感《かん》じがしてくるから、わたしも真似《まね》してみようかなあ。

「ピルエットもグラン・ジャンプもないしね。」

杏樹《あんじゅ》もうなずいて、ちょっと不満《ふまん》そうに肩《かた》をすくめる。かなり基礎的《きそてき》なパばかりの「四羽《わ》の白鳥《はくちょう》」は、テクニックに自信《じしん》のある梨央《りお》や杏樹《あんじゅ》には物足《ものた》りないのかも。

わたしは逆《ぎゃく》に、ちょっとほっとしてたんだけどな……。すると南《みなみ》が、こっそりわたしに耳打《みみう》ちしてきた。

「もしかして、『四羽《わ》の白鳥《はくちょう》』って、そんなにむずかしくないのかもね!?」

そう言《い》ってにんまりしたところを見《み》ると、南《みなみ》もわたしと同《おな》じ気持《きも》ちだったみたい。やっぱり南《みなみ》とは、何《なに》から何《なに》まで気《き》が合《あ》うんだ。

「ね！　わたしもちょっと安心《あんしん》しちゃった。」

わたしと南《みなみ》はそーっと音《おと》の出《で》ないハイタッチをして、スタジオに戻《もど》った。ひと通《とお》りの足《あし》の振《ふ》り付《つ》けを復習《ふくしゅう》したところで、千鶴先生《ちづるせんせい》が言《い》った。

「さて……ちょっと思《おも》い出《だ》してみて。この間見《あいだみ》せた『四羽《わ》の白鳥《はくちょう》』の踊《おど》りには、どんな特《とく》徴《ちょう》があった？」

ん？　「四羽《わ》の白鳥《はくちょう》」の特徴《とくちょう》って……？

「四人《にん》が手《て》をつなぎあったまま踊《おど》ることです。」

まず梨央《りお》が答《こた》えた。千鶴先生《ちづるせんせい》は大《おお》きくうなずいて、言《い》った。

「そうね、それがいちばん大《おお》きな特徴《とくちょう》ね。ほかには？」

ほかには……音楽《おんがく》が速《はや》いこと？　四人《にん》がぴったりそろっていたこと？　でもそれは特《とく》徴《ちょう》って言《い》わないか……。すると杏樹《あんじゅ》が、ぱっとひらめいたように目《め》を見開《みひら》いて、言《い》った。

「わかった！　顔《かお》のつけ方《かた》？」

「そう、杏樹《あんじゅ》、正解《せいかい》！」

千鶴先生《ちづるせんせい》は満足《まんぞく》そうににっこり笑《わら》って続《つづ》けた。

「『四羽《わ》』は手《て》を組《く》んで踊《おど》ることや、速《はや》い足《あし》の動《うご》きにばかり目《め》が行《い》ってしまうけど、『四羽《わ》』の大事《だいじ》な振《ふ》り付《つ》けは『顔《かお》』にあるの。」

顔《かお》!?　あ……思《おも》い出《だ》した。「四羽《わ》の白鳥《はくちょう》」はパの連続《れんぞく》やくり返《かえ》しが多《おお》いんだけど、顔《かお》の向《む》きがいろいろ変《か》わって、その方向《ほうこう》や角度《かくど》が四人《にん》とも機械《きかい》のようにそろっていたのにびっくりしたんだった。

「手《て》はつないでいて動《うご》かせないぶん、踊《おど》りのカウントごとに、顔《かお》をつける向《む》きと動《うご》かし方《かた》がきっちり決《き》まっているの。」

今覚《いまおぼ》えたばかりの脚《あし》の振《ふ》り付《つ》けに、今度《こんど》は顔《かお》をつけていく。最初《さいしょ》のアンボアテは、進行《しんこう》方向《ほうこう》に合《あ》わせて顔《かお》も右《みぎ》、折《お》り返《かえ》しのパッセで左《ひだり》に変《か》える。うん、ここまでは大丈夫《だいじょうぶ》。

「最初《さいしょ》のアントルシャ・カトルのときは顔《かお》が正面《しょうめん》、右《みぎ》パッセのときに顔《かお》が右《みぎ》。次《つぎ》のカトルは顔《かお》が右《みぎ》のまま、左《ひだり》パッセのときに顔《かお》が左《ひだり》。」

おーっと、だんだん複雑《ふくざつ》になってきた。もう頭《あたま》がこんがらがってきそう。

「はい、エシャッペ四回《かい》は、顔《かお》が右《みぎ》から下《した》を通《とお》って四回《かい》で左《ひだり》まで。」

え!? 顔《かお》が右《みぎ》から下《した》を通《とお》って四回《かい》で左《ひだり》までって、どういうこと?

「ほら、朝《あさ》のラジオ体操《たいそう》とか、体育《たいいく》の準備体操《じゅんびたいそう》とかで、首《くび》をぐるっとまわすでしょう?

あれの、下半分《したはんぶん》だと思《おも》ってよ。」

千鶴先生《ちづるせんせい》がわたしたちのほうを向《む》いて、やってみせてくれた。エシャッペ一回《かい》めは顔《かお》が右《みぎ》から始《はじ》まって、四回《かい》かけてだんだん下《した》を通《とお》って左《ひだり》まで行《い》く。

「もちろん、ラジオ体操《たいそう》じゃなくてバレエなんだから優雅《ゆうが》にやってよ。すぐに顔《かお》が左《ひだり》まで行《い》っちゃってカウント待《ま》ってる、なんていうのもダメ。ちゃんと四回《かい》かけて右向《みぎむ》きから左《ひだり》向《む》きまで半円《はんえん》を描《えが》くように。」

　やってみると、動《うご》きがカクカクしてロボットみたいになっちゃう。うーん、けっこうむずかしい！　そのあとも、すべてのパひとつひとつに顔《かお》のつけ方《かた》が細《こま》かく決《き》まっていて、それを覚《おぼ》えるだけでひと苦労《くろう》。「四羽《わ》」は手《て》の振《ふ》り付《つ》けがないからラクだなんて、とんでもなかった！

「まずは振《ふ》り付《つ》けをしっかり覚《おぼ》えて、各自毎日《かくじまいにち》しっかり自習《じしゅう》してくること。次《つぎ》に進《すす》むのはそれからね。」

　ひと通《とお》りの振《ふ》り付《つ》けが終《お》わったときは、かんたんすぎてつまらない、なんて言《い》ってた梨《り》央《お》と杏樹《あんじゅ》もちょっと無口《むくち》になってた。「もしかして、そんなにむずかしくないのかも。」なんて言《い》ってた南《みなみ》とわたしも、顔《かお》を見合《みあ》わせてため息《いき》をついた。

　ふう……どうしよう。こんなの全部《ぜんぶ》、覚《おぼ》えられるかな!?

3 バレエの基本《きほん》は「約束《やくそく》を守《まも》る」こと

「めい、あけおめ——！」

ランドセルを後《うし》ろからバコーンとたたかれて、びっくりして振《ふ》り返《かえ》ると、カナが思《おも》いっきりの笑顔《えがお》で立《た》っていた。

「カナー！　あけましておめでとう！」

年賀状《ねんがじょう》で新年《しんねん》のあいさつはしてたけど、やっぱり顔《かお》を見《み》たら言《い》いたくなる。わたしが通《かよ》う区立第一小学校《くりつだいいちしょうがっこう》に向《む》かう通学路《つうがくろ》は、大《おお》きな公園《こうえん》のわきを通《とお》る道《みち》で、昨夜《さくや》アスファルトにおりた霜《しも》が朝日《あさひ》にキラキラ光《ひか》ってる。

「これかわいくない!?　お年玉《としだま》で買《か》ったんだ。」

カナは真《ま》っ白《しろ》なふわふわモヘアの帽子《ぼうし》と、おそろいのスヌードをちょっと得意《とくい》そうに見《み》せた。

「いいねー！　カナによく似合《にあ》ってる。」

わたしの「いつメン」、カナこと伊藤佳菜子《いとうかなこ》は、かわいくておしゃれで、男子《だんし》にも女子《じょし》にも人気《にんき》のアイドル的《てき》な存在《そんざい》。この新《あら》たなモテアイテムで、また五年《ねん》三組《くみ》の男子《だんし》たちの目《め》がハートになるんだろうなあ。

ふう、いっつも動《うご》きやすい格好《かっこう》ばかりしてるわたしとは大《おお》ちがい。でもいいや、わたしにはクリスマスプレゼントにお母《かあ》さんが編《あ》んでくれた、このあったかい真《ま》っ赤《か》なマフラーがあるから……ちょっと編《あ》み目《め》が不《ふ》ぞろいだけど、そこがまたいいの！

「ねえねえ、今年《ことし》もう月村透《つきむらとおる》くんに会《あ》った？」

そうそう、忘《わす》れてた。何《なに》ごとにもミーハーなカナは、透《とおる》くんをアイドルみたいに追《お》っかけてるんだ。

「初《はつ》レッスンのとき、ちらっと会《あ》ったよ。」

「はー、めいがうらやましすぎる。あんなカッコいいバレエ王子《おうじ》と仲《なか》よくいっしょにレッスンなんて。」

いやいや、カナだってあの本性《ほんしょう》を知《し》ったらゲンメツするはず。

「ぜんぜん、仲《なか》よく、って感《かん》じじゃないけど……。」

と、そのとき、わたしたちの横《よこ》を、さっさと早足《はやあし》で通《とお》り過《す》ぎていく人影《ひとかげ》……よく見《み》ると、見覚《みおぼ》えのある紺色《こんいろ》のランドセル。

「え!?　ちょっ、待《ま》ってよ、シオリン！」

あわてて声《こえ》をかけると、シオリンは何歩《なんぽ》か行《い》ったところで振《ふ》り返《かえ》って言《い》った。

「新学期早々《しんがっきそうそう》、無駄話《むだばなし》して遅刻《ちこく》する気《き》？　先行《さきい》くよ。」

もうひとりの「いつメン」、シオリンこと松本詩織《まつもとしおり》は、学年《がくねん》トップの成績《せいせき》の持《も》ち主《ぬし》。でもマジメな勉強家《べんきょうか》ってだけじゃなくて、するどくておもしろくて、それからすっごく友達《ともだち》思《おも》い。去年《きょねん》わたしが「くるみ割《わ》り人形《にんぎょう》」の練習《れんしゅう》に夢中《むちゅう》になりすぎて、算数《さんすう》の追試《ついし》を受《う》けるハメになったときはシオリンにめっちゃくちゃお世話《せわ》になったんだ。

「そんなこと言《い》わないでいっしょに行《い》こうよー。」

カナが大《おお》げさな身《み》ぶりでシオリンにすがりつく。わたしも笑《わら》いながら追《お》いかける。昨日《きのう》までは、冬休《ふゆやす》みのぬくぬくした家《いえ》の中《なか》に慣《な》れて、明日《あした》から学校《がっこう》、めんどくさいなあ……なんて思《おも》っていたけど、やっぱり学校《がっこう》で毎日友達《まいにちともだち》に会《あ》えるのって最高《さいこう》！

「シオリンは冬休《ふゆやす》みも塾《じゅく》だったの？」

わたしが聞《き》くと、シオリンは青《あお》い縁《ふち》のメガネに手《て》をやってカチリと直《なお》してから言《い》った。

「冬休《ふゆやす》みも、っていうか、冬休《ふゆやす》みこそね。新《しん》六年《ねん》の冬期講習《とうきこうしゅう》は、中学受験《ちゅうがくじゅけん》の重要《じゅうよう》なポイントだから。」

ドキッ、受験用語《じゅけんようご》では、わたしたちのこと、新《しん》六年生《ねんせい》って言《い》うんだ。そんなこと言《い》われると急《きゅう》にあせってくる。はー、わたしなんか、冬休《ふゆやす》み、一回《いっかい》も教科書《きょうかしょ》を開《ひら》かなかったのに。

「でも、めいの『くるみ割《わ》り人形《にんぎょう》』も観《み》に行《い》けたし、いい冬休《ふゆやす》みだったよ。」

シオリンはそう言《い》ってにっと笑《わら》った。わたしのクララを、カナとシオリンに観《み》てもらえてよかった……ん？　なんかもうひとりいたような……。

「お——っす！」

元気《げんき》のいい声《こえ》とともに、公園《こうえん》のほうからハルトがサッカーボールをドリブルしながら走《はし》ってきた。

「シュ——ト！　決《き》まりました——。」

ゴールにシュートを決《き》めた選手《せんしゅ》の真似《まね》をするハルトを、カナがきっとにらみつける。

「ハルト！　登下校中《とうげこうちゅう》はボール使《つか》っちゃいけないって忘《わす》れたの？」

「登下校中《とうげこうちゅう》じゃねえよ。今公園《いまこうえん》で朝練《あされん》してたんだろ。」

「何《なに》が朝練《あされん》よ、ただのボッチでしょ。」

「なんだとー!?」

加山陽翔《かやまはると》は、一年生《ねんせい》からずっとクラスがいっしょの腐《くさ》れ縁男子《えんだんし》。ほかの男子同様《だんしどうよう》、カナにかまってほしくてこうやって何《なに》かとちょっかい出《だ》してくる。今《いま》だって、公園《こうえん》でカナが通《とお》るのを待《ま》ち伏《ぶ》せしてたんじゃない？

「森原《もりはら》は、冬休《ふゆやす》みもどうせバレエばっかやってたんだろ？」

ふいにハルトがこっちを向《む》いて聞《き》いてきた。

「もっちろん……って言《い》いたいとこだけど、年末年始《ねんまつねんし》はレッスン休《やす》みだったから、それほどでもないかな？」

「ふうん。まあいいじゃん、たまに休《やす》むと練習《れんしゅう》できるありがたみがわかるだろ。」

そっか、たしかに。一週間《しゅうかん》も休《やす》んだから、ふつうに週三回《しゅうかい》レッスンできる幸《しあわ》せを感《かん》じる。ふうん、サッカーバカのハルトもたまにはいいこと言《い》うじゃん。すると、ハルトは朝《あさ》日《ひ》がまぶしそうに目《め》を細《ほそ》めながらわたしの顔《かお》を見《み》て言《い》った。

「別人《べつじん》みたいだったなー、バレエやってるときの森原《もりはら》。」

あ、そうだ、ハルトも「くるみ割《わ》り人形《にんぎょう》」、観《み》に来《き》てくれたんだ。どうせカナも来《く》るからついてきたんだろうと思《おも》ってたけど、そんなにちゃんと観《み》てくれたの?

「なーんか……女《おんな》の子《こ》みたいだったぜ!」

「ん!? 女《おんな》の子《こ》みたい、って、じゃあふだんはなんなのよ!?」

ハルトはひゃっひゃっと笑《わら》って、サッカーボールを指《ゆび》でまわそうとしてまた失敗《しっぱい》してる。まったく、学校《がっこう》のサッカークラブだけじゃなく、地域《ちいき》のクラブチームにも入《はい》ってて、でもぜんぜんレギュラーになれないヘタッピのくせに、失礼《しつれい》なんだから!

「素直《すなお》じゃないなあ、ハルトも……。」

シオリンがぼそっと言《い》ったけど、わたしはよく聞《き》いていなかった。ハルトの言葉《ことば》に、あの大《だい》ニュースをみんなにも伝《つた》えなきゃ! ってことを思《おも》い出《だ》したから。

「わたし、今度《こんど》バレエフェスティバルに出《で》ることになったんだ。」

「えーっ、すごい！　フェスなんてカッコいいじゃん、めいー。」

カナがあこがれてる「フェス」とはちょっとちがうと思《おも》うけど、まあいいか。

『白鳥《はくちょう》の湖《みずうみ》』っていう名作《めいさく》バレエの中《なか》の、『四羽《わ》の白鳥《はくちょう》』を踊《おど》るの。春休《はるやす》みだから、よかったら観《み》に来《き》てね！」

「観《み》に行《い》く、観《み》に行《い》くー！」

「春休《はるやす》みか……春期講習《しゅんきこうしゅう》まっただ中《なか》だから、無理《むり》かも。」

そうだよね、シオリンにとっての春休《はるやす》みは、わたしとは意味《いみ》も重《おも》みもちがうんだ。

「うーん、おれも春休《はるやす》み、サッカーの大会《たいかい》あるからなー。」

前《まえ》を歩《ある》いていたハルトが、カッコつけてまゆ毛《げ》を寄《よ》せて考《かんが》えるような顔《かお》で振《ふ》り返《かえ》ったので、カチーンときた。

「あんたは誘《さそ》ってないっ！」

ちょうど校門《こうもん》についていて、わたしはほかの友達《ともだち》に手《て》を振《ふ》ってかけだした。さあ今日《きょう》から新《しん》学期《がっき》、気持《きも》ちを入《い》れ替《か》えていこう！

これから三月末《がつまつ》のバレエフェスティバルまでは、通常《つうじょう》のレッスンとコンクールレッスンが終《お》わったあとに「四羽《わ》」の練習《れんしゅう》をすることになった。いつもより帰《かえ》る時間《じかん》が遅《おそ》くなるから、待《ま》っている間《あいだ》にちゃんと学校《がっこう》の宿題《しゅくだい》をやること！　って、千鶴先生《ちづるせんせい》と約束《やくそく》して……っていうか、させられて。

「お待《ま》たせしました、『四羽《わ》』たち。ちゃんと自習《じしゅう》をしてきた？」

あれから毎日《まいにち》、家《いえ》のリビングで、足《あし》の振《ふ》り付《つ》けと顔《かお》のつけ方《かた》を自習《じしゅう》してきたけど、ちゃんとできるか不安《ふあん》。千鶴先生《ちづるせんせい》は、わたしと南《みなみ》と梨央《りお》と杏樹《あんじゅ》の顔《かお》を順々《じゅんじゅん》にのぞきこむようにしてから、言《い》った。

「そうねえ、まずひとりずつやってみましょうか。」

え、ひとりずつ!?　うわー、やだなあ、ぜんっぜん自信《じしん》ない。となりにいた南《みなみ》は、とっさにちょっと後《あと》ずさりしてたから、きっと不安《ふあん》な気持《きも》ちはおんなじ。

「じゃあ梨央《りお》、前《まえ》に出《で》て。」

梨央《りお》はいつもの自信満々《じしんまんまん》な表情《ひょうじょう》を変《か》えずに、上手《かみて》の最初《さいしょ》の位置《いち》についた。そして、この間千鶴先生《あいだちづるせんせい》が教《おし》えてくれた、「四羽《わ》」をひとりで練習《れんしゅう》するときの手《て》をさっと組《く》んだ。

アン・ナヴァンの姿勢《しせい》をキープしたまま、胸《むね》の前《まえ》で、自分《じぶん》の両《りょう》ひじを両手《りょうて》で持《も》つような感《かん》じ。ひとりでもこの形《かたち》で踊《おど》れれば、組《く》んだときに友達《ともだち》の腕《うで》を引《ひ》っぱったり、上半身《じょうはんしん》がブレたりしないから。

「そう。いい姿勢《しせい》よ……はい、始《はじ》めて。」

音《おと》はかけずに、先生《せんせい》が指《ゆび》を鳴《な》らしてカウントを取《と》りながら、「四羽《わ》の白鳥《はくちょう》」の音楽《おんがく》を口《くち》ずさんでくれる。それに合《あ》わせて、梨央《りお》が踊《おど》り始《はじ》める。アンボアテで右《みぎ》へ、左《ひだり》へ二往復《おうふく》、センターでカトル、パッセ、エシャッペ……さすが梨央《りお》、振《ふ》り付《つ》けを完全《かんぜん》にマスターしてる。頭《あたま》の中《なか》で復習《ふくしゅう》しながら見《み》ているうちにあっという間《ま》に終《お》わった。

「そうね、足《あし》と顔《かお》のつけ方《かた》はひと通《とお》りできてるわね。」

先生《せんせい》も満足《まんぞく》そうにうなずく。ああ、わたしはとてもあんなふうに堂々《どうどう》とできない……だんだん不安《ふあん》がこみ上《あ》げてくる。

「でもね、今《いま》は、ほとんど移動《いどう》しないでその場《ば》でやってるでしょう。『四羽《わ》』は移動《いどう》が大《たい》切《せつ》な踊《おど》りなのよ。」

千鶴先生《ちづるせんせい》は梨央《りお》の後《うし》ろに立《た》って、もう一度最初《いちどさいしょ》のアンボアテのところからやらせた。

「ほら、その場《ば》でやらない、進行方向《しんこうほうこう》に進《すす》んで……前《まえ》の脚《あし》だけで進《すす》むんじゃないの、後《うし》ろの脚《あし》で押《お》すようにして、腰《こし》で進《すす》むの。」

先生《せんせい》は梨央《りお》の腰《こし》のあたりを押《お》すようにしながら踊《おど》らせる。たしかに、さっきと比《くら》べて格《かく》段《だん》に動《うご》いている。

「梨央《りお》は右《みぎ》の先頭《せんとう》だから、あなたがリードしないと、みんなも進《すす》めないよ。」

そうか、右端《みぎはじ》の梨央《りお》と左端《ひだりはじ》の杏樹《あんじゅ》は、それぞれ進行方向《しんこうほうこう》に進《すす》むときのリーダーになるんだ。大変《たいへん》そう……ちょっとだけ、まんなかでよかった、と思《おも》ってしまった。

「次《つぎ》、杏樹《あんじゅ》。」

「ハーイ！」

杏樹《あんじゅ》は元気《げんき》よく返事《へんじ》をして、いつもの明《あか》るい表情《ひょうじょう》で前《まえ》に出《で》て、踊《おど》り始《はじ》めた。こういうときも緊張《きんちょう》したり不安《ふあん》になったりしない「ポジティブ・シンキング」なところ、わたしも見《み》習《なら》いたいなあ。

「杏樹《あんじゅ》、今《いま》のじゃ音《おと》にぜんぜん間《ま》に合《あ》ってないよ。」

たしかに杏樹《あんじゅ》の踊《おど》りは、先生《せんせい》のカウントに遅《おく》れてしまうところがあちこちにあった。わたしは見《み》てて、杏樹《あんじゅ》の脚《あし》が長《なが》すぎて速《はや》い動《うご》きに間《ま》に合《あ》ってないだけなんじゃないかって思《おも》ったけど。

「曲《きょく》が速《はや》いから、カトルをおりたときにはもうパッセが上《あ》がっているようなつもりでいないと。パッセも、足《あし》が下《お》りてくるのを待《ま》つんじゃなく、自分《じぶん》の意思《いし》で下《お》ろして、上《あ》げるの。」

杏樹《あんじゅ》がテンポを意識《いしき》してやり直《なお》すと、今度《こんど》はカトルのかかとがちゃんと交差《こうさ》できなかったり、顔《かお》をつけるのが追《お》いつかなくなってしまったり……ふう、自習《じしゅう》しているときは、音《おと》の速《はや》さまで考《かんが》えてなかった。

「はい次《つぎ》は、めい。」

うわあ、緊張《きんちょう》する。自分《じぶん》なりに練習《れんしゅう》してきたつもりだったけど、いざとなると、なんでもっと練習《れんしゅう》してこなかったんだろうと思《おも》う。ああ、せめてまちがえないでできますように！

先生《せんせい》の口《くち》ずさむメロディを聞《き》いて、前《まえ》クッペからアンボアテを始《はじ》める。ちゃんと移動《いどう》することと、音《おと》に遅《おく》れないこと、前《まえ》のふたりが注意《ちゅうい》されたことをもう一度《いちど》注意《ちゅうい》されないように気《き》をつける。

カトル、パッセ、エシャッペのあとはななめ前《まえ》に足《あし》をすり出《だ》してシャッセ、アラベスク。シャッセの顔《かお》は下《した》からアラベスクで上《うえ》に向《む》けるのを忘《わす》れないように。アンボアテで左《ひだり》ななめ後《うし》ろに下《さ》がったあとは、下手《しもて》ななめ前《まえ》に向《む》かって、パ・ド・シャ連続《れんぞく》十六回《かい》！　はあ、もう息《いき》が切《き》れてきちゃった。あとはもう無我夢中《むがむちゅう》のうちに終《お》わってしまった。

「あらあら、順番《じゅんばん》をやるのがせいいっぱい、って感《かん》じね。」

先生《せんせい》はやれやれという感《かん》じで目《め》をぐるんとまわしてみせた。

「つま先《さき》はブラブラ、ぜんぜん甲《こう》が伸《の》びてない。エシャッペもパッセも五番《ばん》が入《はい》ってない。要《よう》は、ぜんぜんバレエになってないってこと……こらーっ、しっかりしなさい、森原《もりはら》めい――！」

あちゃー！　順番《じゅんばん》まちがえないように、音《おと》に遅《おく》れないようにするだけでいっぱいいっぱいで、甲《こう》を伸《の》ばしたり、足《あし》をきちっと五番《ばん》ポジションに入《い》れたりするのを気《き》をつける余裕《よゆう》がなかった。はあ……「ぜんぜんバレエになってない」なんて、サイテーサイアクの注意《ちゅうい》をされちゃった。反省《はんせい》、反省《はんせい》！　もっともっと練習《れんしゅう》しなきゃ。

「はい、最後《さいご》、南《みなみ》。」

不安《ふあん》げな表情《ひょうじょう》のまま、南《みなみ》がのろのろと上手《かみて》の位置《いち》についた。わたしは落《お》ちこんでいた気《き》持《も》ちを切《き》り替《か》えて、南《みなみ》に心《こころ》の中《なか》でエールを送《おく》る。南《みなみ》、がんばって！

でも、南《みなみ》が踊《おど》り始《はじ》めてすぐ、あれっ？　なんかへんだなと思《おも》った。南《みなみ》の、前《まえ》に上《あ》げた腕《うで》はキープできずにぐらぐら動《うご》いてしまっていて、そのせいでボディもぐにゃぐにゃしてしまう。南《みなみ》は体《からだ》がやわらかいぶん、上半身《じょうはんしん》がカチッと決《き》まりにくいのかもしれない。

それに、ところどころ振《ふ》り付《つ》けを忘《わす》れてるし、顔《かお》のつけ方《かた》もけっこうテキトーだったし……進行方向《しんこうほうこう》をまちがえてしまうところもあった。こんなの、ぜったい、南《みなみ》らしくない。

どうしたんだろう？

南《みなみ》が踊《おど》り終《お》わると、千鶴先生《ちづるせんせい》はふうっと大《おお》きなため息《いき》をひとつついた。そして、南《みなみ》をまっすぐに見《み》て、静《しず》かに言《い》った。

「南《みなみ》。自習《じしゅう》をしてこなかったわね。」

え……そんなわけない！　南《みなみ》は、できないことがあったらできるようになるまで、コツコツ努力《どりょく》をする人《ひと》だ。「くるみ割《わ》り人形《にんぎょう》」のキャンディケーキを踊《おど》ったときだって、苦手《にがて》だった側転《そくてん》を一生懸命練習《いっしょうけんめいれんしゅう》して、みごとにできるようになったじゃないか。

でも、南《みなみ》は、先生《せんせい》の言葉《ことば》に、うなずきもせず、首《くび》を横《よこ》に振《ふ》りもせず、ただうつむいて立《た》っていた。千鶴先生《ちづるせんせい》は南《みなみ》の前《まえ》に立《た》って、さらに続《つづ》けた。

「バレエって、たくさんの決《き》まりごとにそって動《うご》くでしょ？　足《あし》のポジション、腕《うで》のポジション、動《うご》かし方《かた》、角度《かくど》……たくさんの決《き》まりごとを守《まも》って踊《おど》る。だから、バレエの基本《きほん》は、『約束《やくそく》を守《まも》る』っていうことなの。」

南《みなみ》は、うつむいたまま、じっと先生《せんせい》の話《はなし》を聞《き》いている。

「約束《やくそく》を守《まも》れない人《ひと》が、バレエを上手《じょうず》になるのはとてもむずかしいことよ。先生《せんせい》の言《い》ってることわかる？」

南《みなみ》はかすかにうなずいた。先生《せんせい》の言葉《ことば》は、わたしの胸《むね》にもひびいた。南《みなみ》が言《い》われていることは、わたしにとっても他人《ひと》ごとじゃない。今日《きょう》の練習《れんしゅう》で、ひとりずつやってって言《い》われてあんなにあせったのは、心《こころ》のどこかで、四人《にん》いっしょだからなんとかなるかもって思《おも》っていたからだ。

「四人《にん》で手《て》をつないで踊《おど》るのはまだ無理《むり》ね。今日《きょう》はここまでにしましょう。」

「四羽《わ》」のレッスンが終《お》わって、わたしたちはなんとなく気《き》まずい空気《くうき》のまま更衣室《こういしつ》で帰《かえ》る支度《したく》をした。

「みんな、ごめんね。」

南《みなみ》は、それだけ言《い》って、さっと帰《かえ》ってしまった。あーあ、南《みなみ》とちゃんと話《はな》したいと思《おも》ってたのに。今度《こんど》のレッスンで、始《はじ》まる前《まえ》にいっしょにストレッチしながらおしゃべりできるといいんだけど。

「南《みなみ》がちゃんと練習《れんしゅう》してきてくれないと、先《さき》に進《すす》まないよね。」

梨央《りお》が勝《か》ち気《き》な口調《くちょう》で言《い》う。もう、友達《ともだち》なんだから、そんな言《い》い方《かた》しなくても……。杏《あん》樹《じゅ》が何《なに》か言《い》うかと思《おも》ったけど、めずらしく知《し》らん顔《かお》してる。

「きっと次《つぎ》のレッスンは大丈夫《だいじょうぶ》だよ。南《みなみ》はいつもちゃんとやってくるじゃない。」

わたしが言《い》うと、梨央《りお》はちょっと肩《かた》をすくめて、お先《さき》にー、と帰《かえ》ってしまった。まったく、梨央《りお》って自信家《じしんか》だから、できない人《ひと》の気持《きも》ちがわからないとこがあるんだよね。

「めい、『四羽《わ》の白鳥《はくちょう》』ってほんとファンタスティックね！　ワクワクしちゃう！」

杏樹《あんじゅ》はわたしとふたりだけになると、急《きゅう》にニコニコ話《はな》しかけてきた。相変《あいか》わらずマイペースなんだから。するとと杏樹《あんじゅ》はパチッと片目《かため》をつぶって完璧《かんぺき》なウィンクをしてみせた。

「めい、ワタシ、『空気《くうき》を読《よ》んで』だまってたよ。」

去年《きょねん》、学校《がっこう》で「KY《ケーワイ》」って言葉《ことば》を知《し》って、ぜんぜん意味《いみ》がわからなくて悩《なや》んでた杏樹《あんじゅ》も、だんだん日本《にほん》の感覚《かんかく》がわかってきたのかも。わたしも杏樹《あんじゅ》の笑顔《えがお》につられてちょっと気分《きぶん》が明《あか》るくなった。やっぱりどんなときも笑顔《えがお》でいるって大事《だいじ》なこと。

杏樹《あんじゅ》といっしょに更衣室《こういしつ》を出《で》たとき、ちょうど杏樹《あんじゅ》のお母《かあ》さんが迎《むか》えに来《き》た。うわっ、実《じつ》はわたし、杏樹《あんじゅ》のお母《かあ》さんがちょっと苦手《にがて》。

だって、杏樹《あんじゅ》とふたりで残《のこ》った最終《さいしゅう》オーディションでわたしがクララに選《えら》ばれたとき、「どうしてうちの杏樹《あんじゅ》でなく、森原《もりはら》さんがクララなんですか？」って千鶴先生《ちづるせんせい》にくってかかってた姿《すがた》が忘《わす》れられないんだもの。

「こんばんは……さようなら。」

わたしはヘンなあいさつをして、杏樹《あんじゅ》のお母《かあ》さんと目《め》を合《あ》わせないように、ネズミみたいにそそくさと帰《かえ》ろうとした。すると意外《いがい》なことに、杏樹《あんじゅ》のお母《かあ》さんに呼《よ》び止《と》められた。

「来週《らいしゅう》、『白鳥《はくちょう》の湖《みずうみ》』の舞台《ぶたい》を家族《かぞく》で観《み》に行《い》く予定《よてい》だったんだけど、主人《しゅじん》が仕事《しごと》で行《い》かれなくなってしまったの。」

ん？　そんな話《はなし》、なんで関係《かんけい》ないわたしにするのかな？　すると、杏樹《あんじゅ》のお母《かあ》さんは、さらに意外《いがい》なことを言《い》ったのだ。

「よかったら、森原《もりはら》さんもいっしょにいかが？」

4 はじめて観《み》る本物《ほんもの》の「白鳥《はくちょう》の湖《みずうみ》」

今《いま》どきエレベーターもついてない、かなりボロいうちのマンションの前《まえ》に、まったくそぐわないピカピカの、立派《りっぱ》な外車《がいしゃ》が停《と》まった。

「めい——!」

助手席《じょしゅせき》から跳《は》ねるように降《お》りてきた杏樹《あんじゅ》は、うすいグリーンにサーモンピンクの花飾《はなかざ》りをちりばめたドレスを着《き》て、髪《かみ》もくるくる巻《ま》いて、まるで本物《ほんもの》のお姫様《ひめさま》みたい。わあ……かわいい……!

なんとかよそゆきになりそうな水色《みずいろ》のワンピースに、胸《むね》のところについたしょうゆのシミをブローチでかくした白《しろ》いカーディガンっていうわたしの格好《かっこう》とは大《おお》ちがい!

はあ……予想《よそう》はついてたことだけど、やっぱりちょっとへこんじゃう。バレエ団《だん》の公演《こうえん》を観《み》に行《い》くのは初《はじ》めてだし、それも演目《えんもく》が「白鳥《はくちょう》の湖《みずうみ》」で、本物《ほんもの》の「四羽《わ》の白鳥《はくちょう》」を観《み》られるなんてめちゃめちゃうれしい！　でも、杏樹《あんじゅ》と杏樹《あんじゅ》のお母《かあ》さんと三人《にん》で行《い》くって思《おも》うと……緊張《きんちょう》する！

　だから、「今年《ことし》の誕生日《たんじょうび》プレゼントいらないから新《あたら》しいワンピースを買《か》って！」って何《なん》度《ど》も頼《たの》んだのに、「杏樹《あんじゅ》ちゃんだって同《おな》じ五年生《ねんせい》なんだから、そんなすごい服着《ふくき》てくるわけないでしょ。」なんて、お母《かあ》さん、ぜんぜんわかってないんだから。こんな気後《きおく》れするお出《で》かけってほかにある？

「今日《きょう》はお誘《さそ》いありがとうございます。お言葉《ことば》に甘《あま》えてチケット代《だい》もお支払《しはら》いしないで連《つ》れていっていただいて……。」

「いえいえ、こちらの勝手《かって》な都合《つごう》なんですから……めいちゃんとごいっしょできて、杏樹《あんじゅ》も喜《よろこ》んでおります。」

　高級《こうきゅう》そうなスーツに毛皮《けがわ》のショールを巻《ま》いた杏樹《あんじゅ》のお母《かあ》さんと、お弁当屋《べんとうや》さんのパートから急《いそ》いで帰《かえ》ってきたうちのお母《かあ》さんが話《はな》してる。ああ、せめてお弁当屋《べんとうや》さんの赤《あか》いエプロンぐらい、はずしてくれればよかったのに。

「これ、よかったら、車《くるま》の中《なか》や幕間《まくあい》にふたりで食《た》べてね。めいの大好物《だいこうぶつ》なのよ。」

お母《かあ》さんが杏樹《あんじゅ》に、紙袋《かみぶくろ》を手渡《てわた》した。ギク！　わたしの大好物《だいこうぶつ》ってまさか!?　わたしは紙袋《かみぶくろ》を取《と》り返《かえ》そうとしたけど、その前《まえ》に、杏樹《あんじゅ》が中《なか》をのぞきこんでわあっと声《こえ》を上《あ》げた。

「これ、日本《にほん》のダガシ!?　食《た》べてみたかったの、うれしいっ！」

あちゃー！　この場面《ばめん》で駄菓子《だがし》持《も》たせるって、お母《かあ》さん、どういう神経《しんけい》してるの……!?

杏樹《あんじゅ》のお母《かあ》さんは娘《むすめ》が次々《つぎつぎ》に取《と》り出《だ》すプリンチョコとかきなこ棒《ぼう》とかソースせんべい、梅《うめ》ジャムなんかを見《み》て思《おも》いっきりまゆをひそめてるけど、杏樹《あんじゅ》が喜《よろこ》んでいるのでうちのお母《かあ》さんは得意顔《とくいがお》。はあ、杏樹《あんじゅ》よりお母《かあ》さんのほうがよっぽどKY《ケーワイ》だよ……。

「めい、いっしょに行《い》ってくれてほんとにありがとう。めいとお出《で》かけ、ほんっとにファンタスティック！」

上等《じょうとう》そうな革《かわ》ばりの後部座席《こうぶざせき》にそーっと座《すわ》ると、並《なら》んで座《すわ》った杏樹《あんじゅ》がうれしそうに言《い》った。その笑顔《えがお》を見《み》てたら、小《ちい》さなことをあれこれ気《き》にしてる自分《じぶん》がバカみたいに思《おも》えてきた。家《いえ》や、服《ふく》や、育《そだ》った環境《かんきょう》がちがうことも関係《かんけい》ない。わたしたちは、バレエが大好《だいす》き！　って気持《きも》ちでつながってるんだから。

「うん、わたしもすっごく楽《たの》しみ！　杏樹《あんじゅ》、ありがとう。」

わたしも、この夢《ゆめ》のようなお出《で》かけを、心《こころ》から思《おも》いっきり楽《たの》しもうって決《き》めた。杏樹《あんじゅ》に教《おそ》わりながら、きゅっとシートベルトをしめて、いざ出発《しゅっぱつ》……！

劇場《げきじょう》に入《はい》ると、まず、広《ひろ》いロビーの天井《てんじょう》から下《さ》がった立派《りっぱ》なシャンデリアが目《め》に入《はい》った。足元《あしもと》には、赤《あか》と茶色《ちゃいろ》の地模様《じもよう》の入《はい》ったじゅうたんがしきつめられていて、ふわふわと雲《くも》の上《うえ》を歩《ある》いているみたい。わたしのちょっときつくなったエナメルの靴《くつ》も、このじゅうたんの上《うえ》なら痛《いた》くない。

「わたしたちの席《せき》、こっちだよ。」

杏樹《あんじゅ》がチケットのナンバーを見《み》ながら、席《せき》に連《つ》れていってくれた。うわっ、一階《かい》のどまんなか、舞台《ぶたい》の正面《しょうめん》のすっごくいい席《せき》！

「ふたりで、オーケストラボックスを見《み》てきたら？」

杏樹《あんじゅ》のお母《かあ》さんがにこやかに言《い》った。杏樹《あんじゅ》がわたしの手《て》を取《と》って、いちばん前《まえ》の席《せき》と舞《ぶ》

台《たい》の間《あいだ》にある、オーケストラボックスのほうへ引《ひ》っぱっていく。そうか、本格的《ほんかくてき》なバレエの公演《こうえん》は、録音《ろくおん》した音楽《おんがく》で踊《おど》るんじゃなくて、ここで、生《なま》で演奏《えんそう》される音楽《おんがく》に合《あ》わせて踊《おど》るんだ。

そうっと中《なか》をのぞくと、バイオリンやチェロやコントラバス、ティンパニやシンバル、オーボエやフルート、そのそれぞれの演奏者《えんそうしゃ》の人《ひと》たちが音合《おとあ》わせをしている。うわあ、こんなに近《ちか》くで見《み》られるなんて、おもしろい！

「お母《かあ》さんね、いつもは、子《こ》どもみたいだからやめなさいって言《い》うのに、今日《きょう》はめいといっしょだからオッケーみたい。ラッキー！」

杏樹《あんじゅ》がうれしそうに言《い》った。わたしが、オーケストラ演奏《えんそう》がつくようなバレエ公演《こうえん》を観《み》に来《く》るのははじめてだと思《おも》って許《ゆる》してくれたのかも。わたしたちが席《せき》に戻《もど》ると、杏樹《あんじゅ》のお母《かあ》さんはわたしのぶんまでプログラムを買《か》ってきてくれた。

「全幕《ぜんまく》ものは、だいたいのストーリーを読《よ》んでおくと、観《み》ていてわかりやすいわよ。」

さりげなく、慣《な》れないわたしを気遣《きづか》ってくれてるんだ。杏樹《あんじゅ》のお母《かあ》さんのこと、ちょっとこわい人《ひと》、なんて思《おも》ってたけど、ほんとはやさしい人《ひと》なんだなあと思《おも》った。だから杏樹《あんじゅ》だって、こんなにやさしい子《こ》に育《そだ》ってるんだよね。

美《うつく》しい白鳥《はくちょう》、オデットのアラベスクのポーズが表紙《ひょうし》になっている豪華《ごうか》なプログラムをそうっとめくってみる。たくさんの舞台写真《ぶたいしゃしん》や解説《かいせつ》は帰《かえ》ってからゆっくり見《み》ようとがまんして、先《さき》にストーリーのページを探《さが》した。あるページを見《み》て、わたしは思《おも》わず、あっと声《こえ》を上《あ》げてしまった。

「どうしたの？」

杏樹《あんじゅ》に聞《き》かれて、わたしはキャスト表《ひょう》のところを指《ゆび》さした。

「透《とおる》くんが、『道化《どうけ》』の役《やく》で出《で》てる……！」

透《とおる》くんがもうすぐ出演《しゅつえん》するって言《い》ってたバレエ公演《こうえん》って、この「白鳥《はくちょう》の湖《みずうみ》」だったんだ。それも、「道化《どうけ》」は第《だい》一幕《まく》と第《だい》三幕《まく》に出《で》てくる、とってもいい役《やく》。すごい……！　こんな大《おお》きな劇場《げきじょう》の立派《りっぱ》な舞台《ぶたい》に、いっしょにレッスンしている透《とおる》くんが出《で》ると思《おも》うと、わたしまで急《きゅう》に緊張《きんちょう》してきちゃった。

会場《かいじょう》が暗《くら》くなり、タキシードを着《き》た指揮者《しきしゃ》がオーケストラボックスに入《はい》ってきて、会場《かいじょう》から拍手《はくしゅ》が起《お》こった。わたしもあわてて拍手《はくしゅ》をした。指揮者《しきしゃ》とオーケストラの演奏者全員《えんそうしゃぜんいん》が、客席《きゃくせき》のほうを向《む》いておじぎをするのが見《み》えた。静《しず》かに演奏《えんそう》が始《はじ》まり、ゆっくりと幕《まく》が開《あ》く。

プロローグ。湖《みずうみ》のほとりで、美《うつく》しい王女《おうじょ》オデットが白《しろ》い花《はな》をつんでいる。次《つぎ》の瞬間《しゅんかん》、悪魔《あくま》ロットバルトの大《おお》きな黒《くろ》い翼《つばさ》に取《と》りこまれ、オデットは白鳥《はくちょう》の姿《すがた》に変《か》えられてしまう。白鳥《はくちょう》の湖《みずうみ》って、こんな衝撃的《しょうげきてき》な始《はじ》まりだったんだ。

続《つづ》いて第《だい》一幕《まく》。薄暗《うすぐら》くてちょっと気味《きみ》が悪《わる》いプロローグと打《う》って変《か》わって、まぶしいくらい明《あか》るい宮廷《きゅうてい》の庭《にわ》で、ジークフリート王子《おうじ》の成人《せいじん》のお祝《いわ》いの宴《うたげ》が開《ひら》かれている。王子《おうじ》の友達《ともだち》がたくさん集《あつ》まって、本当《ほんとう》に華《はな》やかな舞台《ぶたい》……と思《おも》ったら、その中心《ちゅうしん》で跳《と》びはねているのは透《とおる》くん扮《ふん》する道化《どうけ》だ！

左側《ひだりがわ》が白《しろ》、右側《みぎがわ》が金色《きんいろ》の全身《ぜんしん》タイツに同《おな》じ配色《はいしょく》のかぶりもの、トランプのジョーカーみたいな衣装《いしょう》で、ひっきりなしにジャンプをしたり、くるくるピルエットしたりして、透《とおる》くんは楽《たの》しそうに踊《おど》っている。

ふわっとした色《いろ》とりどりの衣装《いしょう》を着《き》た娘《むすめ》たちが登場《とうじょう》するたび、手《て》を取《と》って王子《おうじ》に紹介《しょうかい》したり、おどけて投《な》げキッスをしたり、王子《おうじ》と内緒話《ないしょばなし》をしたり……透《とおる》くんのコミカルな表情《ひょうじょう》やしぐさが、舞台全体《ぶたいぜんたい》を盛《も》り上《あ》げているのがわかる。

こんな、一流《いちりゅう》のバレリーナやバレエダンサーにまじって、堂々《どうどう》と踊《おど》ったりお芝居《しばい》したり、ワルツのまんなかで踊《おど》ったりしているなんて……あらためて、透《とおる》くんってほんとにすごいんだなあと思《おも》う。どれぐらいすごいかっていうと、これからは多少《たしょう》のイジワルや毒舌《どくぜつ》はぐっとがまんしようかと思《おも》うぐらい……って、もちろん「多少《たしょう》の」だけど。

トランペットの音《おと》とともに、ビロードのドレスの長《なが》い裾《すそ》を引《ひ》きずって王妃《おうひ》が登場《とうじょう》し、王《おう》子《じ》に成人《せいじん》の贈《おく》り物《もの》に弓矢《ゆみや》を渡《わた》して、「明日《あした》の舞踏会《ぶとうかい》で花嫁《はなよめ》を選《えら》ぶように。」と告《つ》げる。

バレエにはセリフがないから、かわりに「マイム」という身振《みぶ》りで内容《ないよう》を伝《つた》えるんだけど、右手《みぎて》で左手《ひだりて》の薬指《くすりゆび》を指《さ》すのが「結婚《けっこん》」のマイム。前《まえ》に千鶴先生《ちづるせんせい》が、「バレエは基本的《きほんてき》なマイムをいくつか知《し》っていれば、観《み》ていて想像《そうぞう》がつくようにできているのよ。」と教《おし》えてくれたけど、ほんとにそのとおり!

そのあと、聞《き》き覚《おぼ》えのある音楽《おんがく》が始《はじ》まって、あれっ? と思《おも》ったら、バレエスクールの発表会《はっぴょうかい》でもよく踊《おど》られる「パ・ド・トロワ」だった。三人《にん》の踊《おど》り、という意味《いみ》で、ここでは村娘《むらむすめ》ふたりと、王子《おうじ》の友人《ゆうじん》の男性《だんせい》ひとりとで踊《おど》る。こうやって全幕《ぜんまく》ものの舞台《ぶたい》の中《なか》で観《み》ると、また全然《ぜんぜん》ちがって見《み》えるんだなあ。

まだ結婚《けっこん》したくない王子《おうじ》は、気《き》をまぎらわすように、王妃《おうひ》から贈《おく》られた弓矢《ゆみや》を持《も》って友《ゆう》人《じん》たちと狩《か》りに出《で》かける。そこで第《だい》一幕《まく》はおしまい。

静《しず》かでもの哀《がな》しい、「白鳥《はくちょう》の湖《みずうみ》」の代表的《だいひょうてき》なメロディが流《なが》れて、舞台《ぶたい》は第《だい》二幕《まく》、湖《みずうみ》のほとりの場面《ばめん》にうつっていく。「白鳥《はくちょう》の湖《みずうみ》」の主役《しゅやく》オデットも、「四羽《わ》の白鳥《はくちょう》」も、この第《だい》二幕《まく》に出《で》てくるんだ。ああ、ドキドキしてきた……！

狩《か》りにやってきた王子《おうじ》は、ひときわ美《うつく》しい白鳥《はくちょう》を見《み》つけて弓矢《ゆみや》をかまえる。すると、白《はく》鳥《ちょう》が美《うつく》しい人間《にんげん》の娘《むすめ》オデットに変身《へんしん》する。袖幕《そでまく》から、両脚《りょうあし》をポアントで立《た》ったまま、小《こ》きざみに進《すす》んでいくパ・ド・ブーレで、真《ま》っ白《しろ》なチュチュに身《み》を包《つつ》んだオデットが登場《とうじょう》した。両腕《りょううで》は白鳥《はくちょう》の羽《は》ばたきをしながら、青白《あおじろ》い光《ひかり》の中《なか》にくっきりと浮《う》かび上《あ》がる。

なんてきれいなんだろう。特《とく》に、しなやかな白鳥《はくちょう》の手《て》の動《うご》きは、同《おな》じ人間《にんげん》の腕《うで》とはとても思《おも》えない。ふわりと宙《ちゅう》に浮《う》かぶようなグラン・ジュテ、そして時間《じかん》が止《と》まったようなアラベスクのバランス。そのあとは、腕《うで》と首《くび》の動《うご》きで、白鳥《はくちょう》がくちばしで羽《は》づくろいをするようなしぐさ……あまりの美《うつく》しさに、知《し》らず知《し》らず息《いき》を止《と》めていたみたいで、ため息《いき》が出《で》てしまう。

王子《おうじ》と出会《であ》い、弓矢《ゆみや》を見《み》ておびえるオデット。頭《あたま》の上《うえ》に手《て》のひらをたてにして二回《かい》おく「冠《かんむり》」を表《あらわ》すマイムで、「わたしは王女《おうじょ》です。」と伝《つた》える。「見《み》て。この湖《みずうみ》は、わたしの涙《なみだ》でできたのです。」と、両目《りょうめ》から涙《なみだ》がこぼれるしぐさをする。

「あそこには悪魔《あくま》がいます。わたしは白鳥《はくちょう》の姿《すがた》に変《か》えられてしまいました。でも、ひとりの男性《だんせい》が、永遠《えいえん》の愛《あい》を誓《ちか》ってくれれば、わたしは白鳥《はくちょう》には戻《もど》りません。」

王子《おうじ》はオデットの悲《かな》しい身《み》の上話《うえばなし》を聞《き》いて、「私《わたし》があなたに、永遠《えいえん》の愛《あい》を誓《ちか》いましょう。」と申《もう》し出《で》る。「愛《あい》」は、心臓《しんぞう》のところに

めいのバレエ教室《きょうしつ》③

バレエの衣装《いしょう》「チュチュ」

〈ロマンティック・チュチュ〉

「チュチュ」はバレエ独特《どくとく》の衣装《いしょう》で、スカートに特徴《とくちょう》があります。スカートが長《なが》めで、ふんわりと下《した》に落《お》ちるようなものを「ロマンティック・チュチュ」といい、19世紀前半《せいきぜんはん》のバレエ初期《しょき》のもの。「ラ・シルフィード」や「ジゼル」の衣装《いしょう》がよく知《し》られています。いっぽう「白鳥《はくちょう》の湖《みずうみ》」のバレリーナたちが着《き》る、横《よこ》に張《は》りだしたスカートのチュチュを「クラシック・チュチュ」といいます。脚《あし》の高度《こうど》なテクニックを見《み》せるため、スカートが短《みじか》くなっていったんだって。（めい）

〈クラシック・チュチュ〉

両手《りょうて》を重《かさ》ね、「誓《ちか》う」は左手《ひだりて》を心臓《しんぞう》に当《あ》て、右手《みぎて》の人差《ひとさ》し指《ゆび》と中指《なかゆび》を立《た》てて天《てん》に向《む》ける。オデットが喜《よろこ》びを感《かん》じる間《ま》もなく、悪魔《あくま》ロットバルトが現《あらわ》れ、ふたりを引《ひ》き裂《さ》く。

誰《だれ》もいなくなった舞台《ぶたい》に、白鳥《はくちょう》たちがソテとアンボアテで次々《つぎつぎ》と出《で》てくる。みるみるうちに舞台《ぶたい》は、白鳥《はくちょう》たちでいっぱいになった。まるで、空《そら》から飛《と》んできた本物《ほんもの》の白鳥《はくちょう》が、次々《つぎつぎ》と水面《みなも》に降《お》りてくるみたい。

全部《ぜんぶ》で二十四羽《わ》の白鳥《はくちょう》たちの、羽《は》ばたきの動《うご》きをする腕《うで》の高《たか》さも、上《あ》げる脚《あし》の角度《かくど》もぴったり同《おな》じ。たてに四人《にん》ずつ、横《よこ》六列《れつ》に並《なら》んだり、大《おお》きな円《えん》になったり、小《ちい》さなふたつの円《えん》になったり、めまぐるしく変《か》わるフォーメーションも、誰《だれ》ひとり乱《みだ》れない。

舞台《ぶたい》の両端《りょうはじ》にたて一列《れつ》に並《なら》んだときの、後《うし》ろに出《だ》したポアントの位置《いち》や、床《ゆか》についているかかとの角度《かくど》まで、全部《ぜんぶ》ピシーッとそろってる。その完璧《かんぺき》な美《うつく》しさに感動《かんどう》して、涙《なみだ》が出《で》そうになる。これが有名《ゆうめい》な「白鳥《はくちょう》のコール・ド・バレエ」なんだ。

白鳥《はくちょう》たちの一糸《いっし》乱《みだ》れぬワルツ、オデットと王子《おうじ》が少《すこ》しずつ心《こころ》を通《かよ》わせていくパ・ド・ドゥ……そしていよいよ、「四羽《わ》の白鳥《はくちょう》」。

四人《にん》のバレリーナが手《て》を組《く》みあって出《で》てきて、上手《かみて》の立《た》ち位置《いち》につき、「四羽《わ》の白鳥《はくちょう》」

の踊《おど》りがスタートした。

わたしたちが練習《れんしゅう》しているのとまったく同《おな》じ振《ふ》り付《つ》け！　それがなんだか誇《ほこ》らしくて、うれしい気持《きも》ちがこみ上《あ》げてくる。アンボアテもカトル、パッセ、エシャッペも……どれもレッスンでいつも練習《れんしゅう》しているおなじみのステップなのに、まるで初《はじ》めて見《み》るような気《き》がしてしまう。

DVD《ディーブイディー》で見《み》たときは気《き》づかなかったけど、生《なま》で観《み》ると、「四羽《わ》」はかなりのスピードで移動《いどう》してるのがわかる。小《こ》きざみなパばかりなのに、こんな広《ひろ》い舞台《ぶたい》を端《はじ》から端《はじ》まで移動《いどう》してる。

それに、トウシューズの音《おと》がぜんぜんしない。本物《ほんもの》の白鳥《はくちょう》たちが、すーっと湖《みずうみ》の上《うえ》を泳《およ》いでいくみたい。脚《あし》を出《だ》す方向《ほうこう》や、上《あ》げる高《たか》さ、小《ちい》さなジャンプを跳《と》んで、おりるタイミング、顔《かお》の角度《かくど》までぴたーっとそろっていて、ほんとにきれい！

「四羽《わ》」の最後《さいご》のポーズが決《き》まって音楽《おんがく》が終《お》わった瞬間《しゅんかん》、夢中《むちゅう》で拍手《はくしゅ》をした。ちらっととなりの杏樹《あんじゅ》のほうを見《み》たら、杏樹《あんじゅ》も大《おお》きな目《め》をうるうるさせて思《おも》いっきり拍手《はくしゅ》してた。それから大《おお》きな二羽《わ》の白鳥《はくちょう》の踊《おど》りや、王子《おうじ》とオデットのソロ、そして全員《ぜんいん》の踊《おど》りで舞台《ぶたい》は盛《も》り上《あ》がり、会場《かいじょう》は大《おお》きな拍手《はくしゅ》に包《つつ》まれた。夜明《よあ》けを迎《むか》え、オデットたちはまた白鳥《はくちょう》の姿《すがた》になって飛《と》び立《た》っていく……。

「あんなステキな踊《おど》りを、ワタシたち四人《にん》が踊《おど》るなんてね……オーマイガッ！」

第《だい》二幕《まく》が終《お》わって休憩《きゅうけい》の間《あいだ》、ロビーでいっしょにアイスクリームを食《た》べながら、まだ感《かん》激《げき》が冷《さ》めやらない様子《ようす》で杏樹《あんじゅ》が言《い》った。わたしはうなずいて答《こた》えた。

「うん……わたしにはとても無理《むり》！　って思《おも》っちゃうし、不安《ふあん》もいっぱいあるけど……でもやっぱり……。」

「ワクワクする！」

最後《さいご》の言葉《ことば》は、杏樹《あんじゅ》とハモった。そう、バレエっていつも、不安《ふあん》のドキドキと期待《きたい》のワクワクが半分半分《はんぶんはんぶん》。だからやめられないんだ。

第《だい》三幕《まく》は、元気《げんき》のいい行進曲風《こうしんきょくふう》の音楽《おんがく》で幕《まく》が開《あ》くと、そこは宮廷《きゅうてい》で開《ひら》かれている舞踏《ぶとう》会《かい》。たくさんのお客様《きゃくさま》でにぎわうなか、透《とおる》くんの道化《どうけ》がおどけて跳《と》びはねてまわる。無邪《むじゃ》気《き》にピョンピョン跳《と》んでいるように見《み》えて、どれもむずかしそうなジャンプで、そのうえものすごいジャンプ力《りょく》！　ほんとにこの道化《どうけ》の役《やく》、全身《ぜんしん》バネみたいな透《とおる》くんにぴったりだ。

王子《おうじ》は王妃《おうひ》のすすめた六人《にん》の花嫁候補《はなよめこうほ》と踊《おど》ってみるけど、心《こころ》ここにあらず。そこへ、伯《はく》爵《しゃく》に変装《へんそう》した悪魔《あくま》ロットバルトが、オデットにそっくりの娘《むすめ》オディールを連《つ》れてくる。

オディールはオデットと同《おな》じバレリーナがひとり二役《ふたやく》で、黒《くろ》いチュチュを着《き》て踊《おど》るから、この場面《ばめん》の王子《おうじ》との踊《おど》りを「黒鳥《こくちょう》のグラン・パ・ド・ドゥ」という。

最初《さいしょ》にふたりで踊《おど》るアダージオでは、オディールはオデットに似《に》た鳥《とり》の羽《は》ばたきの動《うご》きをして王子《おうじ》を誘惑《ゆうわく》する。王子《おうじ》のソロのあとは、さやかちゃんがコンクールレッスンで踊《おど》っているヴァリエーション。千鶴先生《ちづるせんせい》が「白鳥《はくちょう》よりメリハリつけて。」と言《い》っていたとおり、白鳥《はくちょう》よりすべての動《うご》きが力強《ちからづよ》くて、表情《ひょうじょう》やしぐさも大胆《だいたん》な感《かん》じ。

そして最後《さいご》にもう一度《いちど》ふたりで踊《おど》るコーダの見《み》せ場《ば》は、オディールのグラン・フェッテ三十二回転《かいてん》！　片脚《かたあし》をドゥミ・プリエからポアントで立《た》って、もう片方《かたほう》の脚《あし》を前《まえ》から横《よこ》にロン・ド・ジャンプ、空中《くうちゅう》でまるくまわしてからパッセにして回転《かいてん》するグラン・フェッテを、連続《れんぞく》でなんと三十二回《かい》もまわる、究極《きゅうきょく》にむずかしい技《わざ》。でも、軸脚《じくあし》もまったくブレないし、回転《かいてん》の速度《そくど》も落《お》ちないし、まるで、舞台《ぶたい》の中心《ちゅうしん》でコマがくるくるまわり続《つづ》けているみたい。

聞《き》いたことはあったけど、黒鳥《こくちょう》のグラン・フェッテを実際《じっさい》に観《み》ると本当《ほんとう》に感動《かんどう》する。いつかわたしにも、こんなむずかしいテクニックに挑戦《ちょうせん》できる日《ひ》が来《く》るんだろうか。

グラン・パ・ド・ドゥがフィニッシュするころには、王子《おうじ》はオディールの魅力《みりょく》にすっかり心《こころ》を奪《うば》われてしまっている。あーもう、だまされちゃダメ！　顔《かお》はオデットにそっくりだけど、中身《なかみ》はぜんぜんちがうじゃない。オデットとの約束《やくそく》を忘《わす》れたの!?

心《こころ》の中《なか》でじりじりしてたら、透《とおる》くんの道化《どうけ》が王子《おうじ》の服《ふく》を引《ひ》っぱって「ダメダメ。」と忠告《ちゅうこく》している。なんだかはじめて透《とおる》くんと意見《いけん》

めいのバレエ教室《きょうしつ》④

バレリーナのあこがれ「白鳥《はくちょう》の湖《みずうみ》」

誰《だれ》もがその名《な》を知《し》っているバレエ、「白鳥《はくちょう》の湖《みずうみ》」。

ロシアの作曲家《さっきょくか》チャイコフスキーが作曲《さっきょく》し、1877年《ねん》にモスクワのボリショイ劇場《げきじょう》で初演《しょえん》されました。その後《ご》、初演《しょえん》とは別《べつ》の振付家《ふりつけか》、プティパとイワノフによって改訂《かいてい》され、チャイコフスキーの死後《しご》の1895年《ねん》、サンクトペテルブルクのマリインスキー劇場《げきじょう》で全幕《ぜんまく》が上演《じょうえん》されます。

永遠《えいえん》の愛《あい》をテーマに、主役《しゅやく》のバレリーナが、白鳥《はくちょう》と黒鳥《こくちょう》の二役《ふたやく》を踊《おど》る作品《さくひん》として有名《ゆうめい》です。今《いま》では、多《おお》くの振付家《ふりつけか》がさまざまなバージョンを発表《はっぴょう》している、不滅《ふめつ》の名作《めいさく》。わたしも大好《だいす》き！（めい）

が合《あ》ったみたいで不思議《ふしぎ》な気分《きぶん》!

でも、王子《おうじ》はかまわず、オディールとの結婚《けっこん》を誓《ちか》ってしまう。そのとたんカミナリの音《おと》と稲妻《いなずま》が走《はし》り、高笑《たかわら》いするロットバルトとオディール。窓《まど》の向《む》こうになげき悲《かな》しむオデットの姿《すがた》を見《み》た王子《おうじ》は、だまされたと悟《さと》って、湖《みずうみ》へと走《はし》っていく……。

第三幕《だいさんまく》が終《お》わったあと、しばらくぼうっとしてしまった。自分《じぶん》に愛《あい》を誓《ちか》った人《ひと》に裏切《うらぎ》られるって、いったいどんな気持《きも》ちなんだろう。わたしにはまだ想像《そうぞう》もつかないけど、きっと何《なに》もかもいやになって、死《し》んでしまいたいくらい悲《かな》しいだろう。たとえ親友《しんゆう》でも、そんなことをされたら、もう許《ゆる》せないかも。

でも、第四幕《だいまく》で、やぶられた愛《あい》の誓《ちか》いをなげき、白鳥《はくちょう》たちのもとに戻《もど》ったオデットは、自分《じぶん》の過《あやま》ちをわびる王子《おうじ》を許《ゆる》してあげるのだ。大《おお》きな、深《ふか》い愛情《あいじょう》……。王子《おうじ》は勇敢《ゆうかん》に悪魔《あくま》ロットバルトと戦《たたか》い、最後《さいご》はふたりの真実《しんじつ》の愛《あい》が勝《か》ち、悪魔《あくま》を倒《たお》す。魔法《まほう》が解《と》けてオデットは人間《にんげん》の姿《すがた》に戻《もど》り、ふたりは結《むす》ばれる……。

カーテンコール、割《わ》れんばかりの拍手《はくしゅ》と、はじめて生《なま》で聞《き》いた「ブラボー!」、すばらしいというフランス語《ご》のかけ声《ごえ》が飛《と》びかうなか、気《き》づいたらわたしのほおには涙《なみだ》がぼろぼろこぼれていた。となりの杏樹《あんじゅ》と、杏樹《あんじゅ》のお母《かあ》さんは立《た》ち上《あ》がって大《おお》きく拍手《はくしゅ》している。わたしも立《た》ち上《あ》がって、舞台《ぶたい》にせいいっぱいの拍手《はくしゅ》を送《おく》った。

バレエってやっぱりすばらしい……！　わたしたちは、「白鳥《はくちょう》の湖《みずうみ》」の中《なか》から「四羽《わ》の白鳥《はくちょう》」だけを切《き》りはなして練習《れんしゅう》して踊《おど》るけど、本当《ほんとう》はこんな壮大《そうだい》な物語《ものがたり》の一部《いちぶ》なんだということを、ぜったいに忘《わす》れないでいよう。

5 手《て》をつないで踊《おど》るって大変《たいへん》だ！

　はあ……まだ夢《ゆめ》の中《なか》にいるみたい。あのすばらしい舞台《ぶたい》を観《み》てからずっと、頭《あたま》の中《なか》に「白鳥《はくちょう》の湖《みずうみ》」の音楽《おんがく》が鳴《な》り続《つづ》けて、何《なに》をしててもバレエのことばかり考《かんが》えちゃう。今朝《けさ》なんか、あまりにもぼうっとしてて、朝食《ちょうしょく》にわたしの大好《だいす》きなコーンスープがついてるのにしばらく気《き》づかなかったぐらい。

　ああ、なんでバレエのレッスンは、火曜《かよう》、木曜《もくよう》、土曜《どよう》、週《しゅう》に三回《かい》しかないんだろう！前《まえ》に本《ほん》で読《よ》んだ、ロイヤル・バレエスクールの生徒《せいと》みたいに、毎日《まいにち》がバレエ漬《づ》けの日々《ひび》ならいいのに。

　待《ま》ちに待《ま》った火曜日《かようび》、わたしはいつもより三十分《ぷん》も早《はや》く家《いえ》を出《で》て、自転車《じてんしゃ》を飛《と》ばしてバレエスクールに向《む》かった。あの舞台《ぶたい》の感動《かんどう》を忘《わす》れないうちに、早《はや》く「四羽《わ》の白鳥《はくちょう》」を踊《おど》ってみたくてたまらない。大急《おおいそ》ぎでストレッチを終《お》わらせて、みんなが来《く》る前《まえ》に練習《れんしゅう》しよう。

勢《いきお》いよくバレエスクールに入《はい》っていくと、てっきり誰《だれ》もいないと思《おも》っていたスタジオから、音楽《おんがく》が聞《き》こえてくる。もう誰《だれ》か練習《れんしゅう》してるのかな……？　わたしはスタジオのドアをそうっと開《あ》けて、中《なか》をのぞいた。

いきなりわたしの目《め》に飛《と》びこんできたのは、天井《てんじょう》につきそうなくらい高《たか》くグラン・ジュテを跳《と》んでいる透《とおる》くんの姿《すがた》だった。うわあ……両脚《りょうあし》が完璧《かんぺき》に百八十度《ど》に開《ひら》いて、空中《くうちゅう》で一瞬《いっしゅん》止《と》まってるみたい。まだ目《め》に焼《や》きついている、舞台《ぶたい》の上《うえ》で輝《かがや》く道化《どうけ》の透《とおる》くんの姿《すがた》と重《かさ》なる。間近《まぢか》で見《み》る練習中《れんしゅうちゅう》の透《とおる》くんは、派手《はで》な衣装《いしょう》や照明《しょうめい》がなくても、すごい迫力《はくりょく》だ。

去年《きょねん》、クララの最終《さいしゅう》オーディションの前《まえ》に、グラン・ジュテを高《たか》く跳《と》ぶコツを教《おし》えてもらったのが、ずいぶん昔《むかし》のことみたいに感《かん》じる。わたしはあのときとたいして変《か》わらないのに、透《とおる》くんはずいぶん遠《とお》い人《ひと》になってしまったような気《き》がする……って、もともと、バレエが好《す》きなただの五年生《ねんせい》のわたしと、あんな一流《いちりゅう》の舞台《ぶたい》に出《で》てる透《とおる》くんじゃ、住《す》む世界《せかい》がちがうんだけど。

「おい、そこ！　さっきから目《め》ざわりなんだよ……のぞき見《み》するとか、シュミわりいぞ。」

あちゃー、またどなられちゃった。見《み》てるぶんにはすてきな「バレエ王子《おうじ》」でも、口《くち》を開《ひら》けばこの毒舌《どくぜつ》だもんね。

「こっちは見《み》せもんじゃないんだからな。見《み》たけりゃ、ちゃんと劇場《げきじょう》行《い》って観《み》やがれっつーの。」

透《とおる》くんの言《い》い方《かた》にカチンときて、つい言《い》い返《かえ》しちゃった。

「わたし、観《み》ました！　『白鳥《はくちょう》の湖《みずうみ》』、観《み》に行《い》きました。」

「ふうん？」

透《とおる》くんはちょっと意外《いがい》そうな顔《かお》をしてCD《シーディー》を止《と》めに行《い》った。そこでやめておけばよかったんだけど、わたしの口《くち》は止《と》まらなかった。どうしても、あの舞台《ぶたい》を観《み》た感動《かんどう》を伝《つた》えたくて……。

「わたし、劇場《げきじょう》で全幕《ぜんまく》もののバレエを観《み》るなんて生《う》まれて初《はじ》めてで……本当《ほんとう》に感動《かんどう》して、涙《なみだ》が止《と》まらなくて……あんなすばらしい舞台《ぶたい》に立《た》ってる透《とおる》くんは、ほんとにすごいなあと思《おも》いました！」

一気《いっき》にそこまでしゃべってから、しまった！　と思《おも》った。バレエの舞台《ぶたい》をはじめて観《み》たなんて、またバカにされるに決《き》まってる。案《あん》の定《じょう》、透《とおる》くんはいつものように口《くち》をひんまげて笑《わら》って、言《い》った。

「へーえ、生《う》まれてはじめて観《み》たのが、おれが出《で》てた舞台《ぶたい》なんて、おまえ、運《うん》がよかったよなー。」

な、何《なに》そのおれ様発言《さまはつげん》……！　はあもう、素直《すなお》にほめて損《そん》した。すると透《とおる》くんは、バーに長《なが》い脚《あし》をひょいっと上《あ》げてストレッチしながら言《い》った。

「だって、あんな『白鳥《はくちょう》』はめったに観《み》られないと思《おも》うぜ。主役《しゅやく》のふたりはテクニックだけじゃなく演技力《えんぎりょく》も抜群《ばつぐん》で、オデットとオディールの演《えん》じ分《わ》けも完璧《かんぺき》だし、ジークフリートの悲哀《ひあい》もよく出《で》ていた。コール・ド・バレエも、完璧《かんぺき》にそろっているだけじゃなくて、観客《かんきゃく》にうったえる芸術性《げいじゅつせい》があった。まったく、あんなアヒルみたいな手《て》で踊《おど》ってるおまえにはもったいないよ。」

もう、失礼《しつれい》な！　アヒルだって、「白鳥《はくちょう》」を観《み》る権利《けんり》ぐらいあるんだから！　くやしくて何《なに》か言《い》い返《かえ》そうと思《おも》ったとき、透《とおる》くんがこうつけ加《くわ》えた。

「ま、それは出《だ》させてもらってるおれも同《おな》じだけど。」

えっ!?　それってどういう意味《いみ》……？

「今《いま》は中学生《ちゅうがくせい》ダンサーってことのものめずらしさで、あんな大役《たいやく》もらってるだけで、ほんっと自分《じぶん》はまだまだなあって思《おも》うよ。くやしいけどさ。」

ちょっと遠《とお》い目《め》をしてため息《いき》をつく透《とおる》くんは、なんだか別人《べつじん》みたいに見《み》えた。いつも自《じ》信家《しんか》で、自分《じぶん》がいちばん、って感《かん》じなのかと思《おも》ってたのに、そんなふうに考《かんが》えてたの？

「そんなことないです！」

わたしは思《おも》わず口《くち》に出《だ》していた。

「わたし、透《とおる》くんの道化《どうけ》、よかったと思《おも》います！　ジャンプも軽々《かるがる》とものすごい高《たか》く跳《と》んでて、ピルエットも何回《なんかい》まわってるの？　ってくらいまわってたし。演技《えんぎ》だって上手《じょうず》で……。」

「だからおまえはなんもわかってねーんだよ。」

そこまで言《い》ったとき、透《とおる》くんがちょっと怒《おこ》ったようにさえぎった。

「じゃあ、おまえは観《み》てて、『白鳥《はくちょう》の湖《みずうみ》』の中《なか》で、道化《どうけ》がどんな役割《やくわり》なのか、わかったのか？」

え……「白鳥《はくちょう》の湖《みずうみ》」の道化《どうけ》の役割《やくわり》って……？　その場《ば》を盛《も》り上《あ》げる役《やく》ってことじゃなくて……？　何《なに》も答《こた》えられないわたしに、透《とおる》くんは早口《はやくち》でまくしたてた。

「『白鳥《はくちょう》の湖《みずうみ》』の道化《どうけ》は、宮廷道化師《きゅうていどうけし》っていって、王族《おうぞく》の忠実《ちゅうじつ》な家臣《かしん》なんだけど、王子《おうじ》の影《かげ》のような、分身《ぶんしん》のような存在《そんざい》なんだ。だから王子《おうじ》の心《こころ》の中《なか》を象徴的《しょうちょうてき》に表《あらわ》す役割《やくわり》がある。一幕《まく》では、王子《おうじ》の少年《しょうねん》のような遊《あそ》び心《ごころ》や、まだ結婚《けっこん》したくない感傷的《かんしょうてき》な気持《きも》ち、三幕《まく》では魅力的《みりょくてき》な女性《じょせい》に出会《であ》った高揚《こうよう》や、結婚《けっこん》を誓《ちか》うことへの迷《まよ》いや揺《ゆ》れる心《こころ》を表現《ひょうげん》してる。」

　そうなんだ……「白鳥《はくちょう》の湖《みずうみ》」の道化《どうけ》に、そんな深《ふか》い意味《いみ》があったなんて、知《し》らなかった。

「本物《ほんもの》のバレエダンサーにとって大事《だいじ》なのは、テクニックや演技力《えんぎりょく》だけじゃなくて、観客《かんきゃく》に何《なに》を伝《つた》えられるか、なんだ。」

　バレエについて語《かた》っている透《とおる》くんの顔《かお》……初《はじ》めて見《み》る顔《かお》だった。真剣《しんけん》にバレエに向《む》きあっているのが伝《つた》わってくる。あれ……なんだか、胸《むね》がドキドキする。なんで？

「ま、アヒルのおまえなんかに説明《せつめい》してもしょうがないけどな。」

　透《とおる》くんはいつもの口《くち》をひんまげた笑《わら》いに戻《もど》って、タオルを肩《かた》に引《ひ》っかけると、さっさとスタジオを出《で》ていった。さっきの透《とおる》くんの顔《かお》……みんなに見《み》せてる「バレエ王子《おうじ》」の顔《かお》とも、毒舌《どくぜつ》のイジワルな裏《うら》の顔《かお》ともちがう……もう、どれがほんとの透《とおる》くんなの？

「ちょっと、どういうこと!?」

その声《こえ》に振《ふ》り返《かえ》ると、南《みなみ》が、目《め》をつり上《あ》げて仁王立《におうだ》ちしてた！

「めい、今《いま》、透《とおる》くんと何《なに》しゃべってたの？」

こわっ……！　南《みなみ》は透《とおる》くんにあこがれてるから、ぜったいほんとのことなんか言《い》えない。

「いや、しゃべってたっていうか、一方的《いっぽうてき》に説教《せっきょう》されてたっていうか……。」

もごもごごまかすわたしに、南《みなみ》はさらに詰《つ》め寄《よ》ってくる。

「ずっとふたりきりだったの!?」

「ちがうちがう、ほんの五分《ふん》……ううん、三分《ぷん》かな？」

「うそっ！」

「うそじゃないってば！　……って、そんなことより、南《みなみ》、今日《きょう》は早《はや》いじゃん!?　どうしたの？」

「どうしたの？　じゃないよ。こないだうちだけ自習《じしゅう》してないって、めっちゃ怒《おこ》られたじゃん。あのまんまじゃくやしいから自主練《じしゅれん》しに来《き》たの、悪《わる》い？」

南《みなみ》はプリプリしながら、ストレッチを始《はじ》めた。わたしもあわててとなりに行《い》ってストレッチを始《はじ》めた。南《みなみ》と並《なら》んでゆっくりストレッチするのも、なんだか久《ひさ》しぶりのような気《き》がした。

「ねえ、カトル、パッセの二セットめからの最初《さいしょ》って、顔《かお》は正面《しょうめん》？　それとも横《よこ》のまま？」

南《みなみ》がスプリッツしながら聞《き》いてきたので、わたしは立《た》ち上《あ》がって踊《おど》ってみた。まだ体《からだ》を動《うご》かしてみないと即答《そくとう》できない。カトルパッセ、カトルパッセ、エシャッペ四回《かい》……よし、二セットめの最初《さいしょ》のカトルの顔《かお》は横《よこ》のままだ。

「正面《しょうめん》は最初《さいしょ》のカトルだけで、二セットめからのカトルは、横《よこ》のままだよ。」

「おっけ。あとさ、シャッセアラベスクの……。」

ふう、さっきはドギマギしたけど、よかった、南《みなみ》が「四羽《わ》」の練習《れんしゅう》しに来《き》たなんて！

やっぱりわたしと南《みなみ》の考《かんが》えることはおんなじなんだ。

「まあ、みんなひと通《とお》り振《ふ》りは入《はい》ったみたいね。」

またひとりずつ「四羽《わ》」を音《おと》なしで通《とお》して踊《おど》ったあと、千鶴先生《ちづるせんせい》は何度《なんど》かうなずきながら言《い》った。わたしたちの自習《じしゅう》の成果《せいか》に、千鶴先生《ちづるせんせい》はまあまあ満足《まんぞく》したみたい。

「じゃあ、はじめて手《て》をつないで踊《おど》ってみましょう。」

やった、やっと先生《せんせい》のお許《ゆる》しが出《で》た！　わたしたちはうれしくて思《おも》わずにっこりして顔《かお》を見合《みあ》わせた。だって、早《はや》く手《て》をつないで四人《にん》で踊《おど》ってみたくて、うずうずしてたんだもの。

　さっそく、左《ひだり》から杏樹《あんじゅ》、わたし、南《みなみ》、梨央《りお》の順《じゅん》に並《なら》び、千鶴先生《ちづるせんせい》に教《おそ》わったとおり、クロスする右腕《みぎうで》が上《うえ》になるように組《く》み合《あ》わせて手《て》をつないだ。真正面《ましょうめん》から鏡《かがみ》で見《み》ると、うん、完璧《かんぺき》！

「はい、上手《かみて》から出《で》て。」

右足《みぎあし》から出《で》て、五歩《ほ》めの右足《みぎあし》を軸《じく》にして左足《ひだりあし》を後《うし》ろに出《だ》して、わたしたちが最初《さいしょ》のポーズをとると、千鶴先生《ちづるせんせい》は前奏《ぜんそう》をハミングしながら手《て》をたたいてカウントを取《と》る。

「タッタッタッ、タッタッタッ、はい！」

先生《せんせい》の合図《あいず》で、最初《さいしょ》の前《まえ》クッペから、アンボアテで進《すす》みはじめた。うわーっ、動《うご》きにくい！　ちょっと進《すす》んだだけでも、すぐ腕《うで》が引《ひ》っぱられて転《ころ》びそう。

「タッタッタッタッタッターラララッタ、ヤッタッタッタッターラララッタ、ラッタッタッタッターン……。」

ソテ、パ・ド・ブーレ、パッセ、方向転換《ほうこうてんかん》するときも、上半身《じょうはんしん》がガタガタ動《うご》いてしまう。

「みんなちゃんと腕《うで》を張《は》って！　腕《うで》がふにゃふにゃしてるから上半身《じょうはんしん》がブレてとなりの人《ひと》に迷惑《めいわく》かかるのよ。」

先生《せんせい》の注意《ちゅうい》が飛《と》んだけど、とてもそれどころじゃないっていうのが本音《ほんね》。だんだん四人《にん》の動《うご》きがバラバラになって、最初《さいしょ》のアンボアテの四往復《おうふく》だけでヘトヘト。ふう、ひとりで腕《うで》を固定《こてい》して踊《おど》っていたときと大《おお》ちがい。

アントルシャ・カトルも、つないだ手《て》に押《お》さえつけられてる感《かん》じで、ぜんぜんうまく跳《と》べない。あせって、パッセの顔《かお》の方向《ほうこう》を思《おも》いきりまちがえて、右《みぎ》どなりの南《みなみ》とバッチリ目《め》が合《あ》ってしまった！　ああ、恥《は》ずかしいっ……！

と思《おも》う間《ま》もなく、シャッセ、アラベスク、八セット。さっき南《みなみ》と練習《れんしゅう》したばっかりなのに、手《て》をつないでいるから体《からだ》の角度《かくど》が思《おも》うようにななめにできない。

「脚《あし》を出《だ》す方向《ほうこう》も、体《からだ》の方向《ほうこう》もバラッバラだよ。手《て》をつないでてもちゃんと角度《かくど》を守《まも》る！」

アンボアテで左《ひだり》ななめ後《うし》ろに下《さ》がっていくところも、みんなの角度《かくど》がバラバラだから、四人《にん》の間《あいだ》がくっついたりはなれたりして列《れつ》がぐちゃぐちゃ。四人《にん》の間隔《かんかく》を保《たも》ったまま踊《おど》るのが、こんなにむずかしいなんて……もうとにかく早《はや》く終《お》わってほしい！

左奥《ひだりおく》からななめ前《まえ》に、連続《れんぞく》パ・ド・シャ十六回《かい》……もう脚《あし》がプルプルして限界《げんかい》！　右《みぎ》ななめ前《まえ》まで行《い》かなくちゃいけないのに、ぜんぜん進《すす》んでいかない。もどかしいけど、どうにもならない。

「それじゃパ・ド・シャじゃなくて引《ひ》っぱりっこだよ！　端《はじ》っこの人《ひと》が引《ひ》っぱるだけじゃ

進《すす》まないの、みんなで押《お》していくのー！」

ああもう、甲《こう》を伸《の》ばすのも膝《ひざ》を外《そと》に開《ひら》くのも気《き》をつけられない。前《まえ》のドゥミ・アティテュードと後《うし》ろのドゥミ・アティテュードのアンボアテ、四回《かい》ずつ交互《こうご》に、これを四セット。前後《まえうし》ろ、前後《まえうし》ろ、前後《まえうし》ろ、前後《まえうし》ろ……ああ、もうちょっとだ！

左足《ひだりあし》を横《よこ》に出《だ》して、床《ゆか》に「刺《さ》す」ように立《た》つピケのパッセ八回《かい》でセンターまで移動《いどう》して、最後《さいご》のパッセを前《まえ》のアティテュードにおりて、左右《さゆう》のアンボアテ十六回《かい》で前《まえ》に出《で》ていき、右《みぎ》で終《お》わる。右足《みぎあし》をなめ前《まえ》に出《だ》して、つないでいた手《て》をはなし、アラベスク、アロンジェ、手《て》のひらを下《した》にして腕《うで》を伸《の》ばす。

めいのバレエ教室《きょうしつ》⑤

「パ・ド・シャ」はねこのステップ

「四羽《わ》の白鳥《はくちょう》」にたくさん出《で》てくる「パ・ド・シャ」は、「ねこのステップ」という意味《いみ》です。５番《ばん》ポジションのプリエから前《まえ》足《あし》、後《うし》ろ足《あし》の順《じゅん》に床《ゆか》を蹴《け》って、横方向《よこほうこう》に移《い》動《どう》します。空中《くうちゅう》で膝《ひざ》は横《よこ》、つま先《さき》は内側《うちがわ》を向《む》くのが正《ただ》しい形《かたち》。高《たか》く跳《と》び、着地《ちゃくち》は静《しず》かに片足《かたあし》ずつ、再《ふた》び５番《ばん》に。ねこはドスン、なんて音《おと》をさせないものね。（めい）

四番《ばん》ポジションで左膝《ひだりひざ》を床《ゆか》について、手《て》を胸《むね》の前《まえ》でクロスする最後《さいご》のポーズのタイミングもバラバラ、最後《さいご》までドタドタして……ああもう、ダメダメなフィニッシュ！

千鶴先生《ちづるせんせい》は、ガックリ膝《ひざ》をついたまま立《た》ち上《あ》がることもできないわたしたちの様子《ようす》に吹《ふ》きだしながら言《い》った。

「むずかしいパは何《なに》も入《はい》っていないし、ほんの一分半《ぷんはん》ぐらいの短《みじか》い踊《おど》りだけど、実際《じっさい》やってみると大変《たいへん》でしょう？」

先生《せんせい》はわたしたちの顔《かお》をひとりひとり見《み》たけど、わたしはハアハア息《いき》が切《き》れてて、脚《あし》も、組《く》んでいた腕《うで》も、全身《ぜんしん》ヘトヘトで、とても返事《へんじ》をできるような状態《じょうたい》じゃなかった。でも四人《にん》とも心《こころ》から、先生《せんせい》の言《い》うとおりって感《かん》じてるのがわかる。

ほんとに高度《こうど》なテクニックは何《なに》も入《はい》ってないのに、手《て》をつないで四人一体《にんいったい》になって踊《おど》ると、全部《ぜんぶ》がはじめてのパみたいにむずかしく感《かん》じる。あんなにちっちゃいころからやってるエシャッペまで、脚《あし》をやるだけでいっぱいいっぱいで顔《かお》を正確《せいかく》につけるとこまでいかない。

はあ、最初《さいしょ》、苦手《にがて》なポール・ド・ブラに気《き》をつけなくていいからラクだなんて思《おも》った自《じ》分《ぶん》をぶってやりたいくらい！

「これでよくわかったでしょう。『四羽《わ》の白鳥《はくちょう》』は、四人《にん》の息《いき》がぴったり合《あ》っていないとできない踊《おど》りなのよ。」

四人《にん》の息《いき》がぴったり合《あ》う……その言葉《ことば》に、舞台《ぶたい》「白鳥《はくちょう》の湖《みずうみ》」第《だい》二幕《まく》で観《み》た、あのすばらしい「四羽《わ》の白鳥《はくちょう》」が頭《あたま》によみがえる。角度《かくど》もタイミングも、上《あ》げた脚《あし》やジャンプの高《たか》さも、何《なに》から何《なに》までぴったりそろってた。手《て》をつないだままで、あんな完璧《かんぺき》な踊《おど》りができるのは、四人《にん》の息《いき》が合《あ》ってるってことなんだ。

「四人《にん》の息《いき》を合《あ》わせるには、どうしたらいいと思《おも》う？」

千鶴先生《ちづるせんせい》が、わたしたちに問《と》いかけた。いつもなら、真《ま》っ先《さき》に答《こた》える梨央《りお》も、何《なに》があってもポジティブな発言《はつげん》をする杏樹《あんじゅ》も、だまったままだ。

自分《じぶん》たちのあまりのできなさに呆然《ぼうぜん》としていて、誰《だれ》も答《こた》えられなかった。

「何《なに》か特別《とくべつ》な方法《ほうほう》があったら、教《おし》えてあげたいんだけど……ただ練習《れんしゅう》あるのみ！　なのよ。」

練習《れんしゅう》あるのみ。先生《せんせい》の言葉《ことば》が胸《むね》にひびいた。どんな踊《おど》りも、できるようになる早道《はやみち》なんてないんだ。練習《れんしゅう》、練習《れんしゅう》、練習《れんしゅう》……！　わたしたちが、息《いき》の合《あ》った「四羽《わ》の白鳥《はくちょう》」に近《ちか》づくには、いったいどれだけの練習《れんしゅう》が必要《ひつよう》なんだろう。

「はい、お水飲《の》んで、五分休憩《ふんきゅうけい》したら、最初《さいしょ》から細《こま》かくやるよ！」

先生《せんせい》がパンッ！　と手《て》をひとつたたいた。わたしたちはネズミみたいにそそくさと更衣《こうい》室《しつ》に逃《に》げこんだ。

「はー、『四羽《わ》』って、マジでエグくない!?」

梨央《りお》が水筒《すいとう》を手《て》に取《と》りながら、開口一番《かいこういちばん》、言《い》った。

「思《おも》ってたよりずっと大変《たいへん》だったよね……。」

わたしが言《い》うと、南《みなみ》もうなずいて、ふーっと大《おお》きなため息《いき》をついた。

「振《ふ》り付《つ》けは基本的《きほんてき》な動《うご》きばっかりなのに、この踊《おど》り、超《ちょう》キツいんだね……。」

杏樹《あんじゅ》も大《おお》きな目《め》をぐるんとまわしながら言《い》った。

「もう、頭《あたま》んなかグチャグチャ！　顔《かお》つけるの、何度《なんど》も忘《わす》れちゃった！」

「そんなの、リオもだよー！」

顔《かお》の向《む》き、梨央《りお》と杏樹《あんじゅ》もまちがえてたって知《し》って、ちょっとほっとした。

「わたしも。カトル、パッセで南《みなみ》と目《め》が合《あ》っちゃったもんね。」

「そうそう、あれ、ウケたんだけど、笑《わら》うヒマもなかったよね!?」

南《みなみ》と笑《わら》いあっていると、梨央《りお》がいつもの勝《か》ち気《き》な顔《かお》で言《い》った。

「『四羽《わ》』って、端《はじ》っこの人《ひと》のほうが大変《たいへん》なんだって。列《れつ》の先頭《せんとう》でみんなを引《ひ》っぱっていかなきゃならないからさ。」

出《で》た出《で》た、梨央《りお》のこういう「自分《じぶん》がいちばん」アピール!

「えー、そんなこと言《い》ったら、両方《りょうほう》からはさまれてるうちらだって大変《たいへん》だよねえ!?」

負《ま》けじと南《みなみ》がわたしに同意《どうい》を求《もと》めた。

「そうだよ、右《みぎ》からも左《ひだり》からも引《ひ》っぱられてぜんぜんバランスとれないんだよ!」

わたしも言《い》い返《かえ》したけど、梨央《りお》はまだまだ言《い》い張《は》りそうな勢《いきお》い。

「でも、やっぱり両端《りょうはじ》がリーダーだから、進《すす》む方向《ほうこう》も角度《かくど》も決《き》めなくちゃいけないし……ね、杏樹《あんじゅ》?」

梨央《りお》が同意《どうい》を求《もと》めると、杏樹《あんじゅ》が、冷静《れいせい》に言《い》った。

「先生《せんせい》言《い》ってたよ。端《はじ》っこの人《ひと》が引《ひ》っぱるだけじゃ進《すす》まない、みんなで押《お》していくんだって。」

杏樹《あんじゅ》、ナーイス！　さすがの梨央《りお》も何《なに》も言《い》えなくなって、気《き》まずいのを水《みず》を飲《の》んでごまかした。

「とにかく、四人《にん》でいっぱい練習《れんしゅう》しなきゃ。がんばろうね！」

わたしが言《い》うと、梨央《りお》もしぶしぶうなずいた。南《みなみ》と目《め》が合《あ》って、クスッと笑《わら》う。

ああ、わたしたちの「四羽《わ》の白鳥《はくちょう》」は、ほんとに前途多難《ぜんとたなん》！　四人《にん》でそろえていくしかない。

気《き》が遠《とお》くなって、目《め》がまわりそうだけど……がぜん楽《たの》しくなってきた。みんなでひとつのものを作《つく》り上《あ》げていくのって、なんでこんなにワクワクするんだろう！

★6 バレンタインデーがやってくる！

「けずったチョコレートは、人肌《ひとはだ》ぐらいの温度《おんど》で湯《ゆ》せんしてとかします。中《なか》にお湯《ゆ》が入《はい》らないように気《き》をつけてー。」

ボウルの中《なか》の、木《き》くずみたいなチョコの山《やま》に、そうっと木《き》べらをすべりこませると、底《そこ》のほうからじわーっ、とろーっととけていく。

「今年《ことし》は、友《とも》チョコにはマシュマロのチョコがけ、本命《ほんめい》チョコにはかんたんブラウニーを作《つく》るわよー。」

料理《りょうり》クラブの顧問《こもん》、家庭科《かていか》の向井先生《むかいせんせい》は、ちょっと派手《はで》めの「美魔女系《びまじょけい》」で、ぜんぜん公立小学校《こうりつしょうがっこう》の先生《せんせい》っぽくない。女子《じょし》の恋《こい》バナを聞《き》くのが大好《だいす》きだから、先生《せんせい》に恋愛相談《れんあいそうだん》してる女子《じょし》も多《おお》いみたい。

毎年《まいとし》、バレンタインデーのある週《しゅう》は、手作《てづく》りチョコの実習《じっしゅう》をしてくれて、かわいいラッピングまで教《おし》えてくれるのだ。家《いえ》で作《つく》るとなるとけっこう大変《たいへん》だから、料理《りょうり》クラブに入《はい》ってよかったー！

「わー、いいねー！　どっちも作《つく》っちゃお。」

カナはバドミントンクラブなのに、今日《きょう》だけは飛《と》び入《い》り参加《さんか》。担任《たんにん》の国枝先生《くにえだせんせい》に直談判《じかだんぱん》して特別《とくべつ》に許《ゆる》してもらったらしい。そういう人《ひと》、けっこう多《おお》くて、いつもは三学年《がくねん》合《あ》わせても十五人《にん》ぐらいなのに、今日《きょう》はその倍《ばい》ぐらいいるかも。

「カナ、本命《ほんめい》チョコあげる男子《だんし》なんているの？」

小声《こごえ》で聞《き》くと、カナは唇《くちびる》に人差《ひとさ》し指《ゆび》を当《あ》てて、しーっとやった。

「ヒミツ！　あとでね。」

えっ、いつの間《ま》に!?　まあ五年生《ねんせい》にもなると、両想《りょうおも》いのカップルもそんなにめずらしくないけど、うちのクラスにカナが好《す》きになるような男子《だんし》、いるかなあ？

「めいはどうせ友《とも》チョコだけでしょ？」

「そうだけど、でもブラウニーも作《つく》りたいなー。」

「それ、自分《じぶん》が食《た》べたいだけじゃん。」

「バレた？」

わたしはクラスの女子全員《じょしぜんいん》と、バレエスクールの友達《ともだち》、それからジュンと、お父《とう》さん、お母《かあ》さんの分《ぶん》の友《とも》チョコを作《つく》る。カナはクラス全員《ぜんいん》、男子《だんし》にも配《くば》る。ちなみにシオリンは、友《とも》チョコをもらいっぱなし派《は》。

「卵《たまご》と砂糖《さとう》をボウルに入《い》れて、泡立《あわだ》て器《き》で白《しろ》っぽくなるまでしっかり混《ま》ぜてね。」

真剣《しんけん》な顔《かお》でブラウニーを作《つく》ってるカナは、最初《さいしょ》はまじめに混《ま》ぜてたけど、すぐに飽《あ》きて音《ね》を上《あ》げる。

「はー、手《て》が痛《いた》くなっちゃう。先生《せんせい》、ハンドミキサーないのー？」

「ぜいたく言《い》わない。こういうところで愛《あい》を込《こ》めるんでしょ？」

「そうか！　はーい！」

先生《せんせい》の「愛《あい》を込《こ》める」という言葉《ことば》に目《め》をキラッとさせて、がぜんやる気《き》を出《だ》したところを見《み》ると、カナは本気《ほんき》で本命《ほんめい》チョコをあげる気《き》らしい。やれやれ、毎年《まいとし》カナの友《とも》チョコに大喜《おおよろこ》びしてる男子《だんし》たちのガッカリした顔《かお》が目《め》に浮《う》かぶ。

わたしはその横《よこ》で、白《しろ》やピンクのマシュマロにピックを刺《さ》して、とかしたチョコを半分《はんぶん》ぐらいつけて、乾《かわ》かないうちに銀《ぎん》のアラザンやカラースプレーチョコをパラパラッと飾《かざ》る。うわー、カラフルなキノコがずらーっと並《なら》んでるみたいで、すっごくかわいい！

「森原《もりはら》さん、上手《じょうず》じゃない。まるで友《とも》チョコ職人《しょくにん》みたいねー。」

グサッ！　友《とも》チョコ職人《しょくにん》なんて、先生《せんせい》、それほめてない……！　わたしが毎年《まいとし》友《とも》チョコしか作《つく》ってないの、バレバレじゃない!?　そりゃあわたしだって、そろそろ本命《ほんめい》チョコあげてみたいなあって思《おも》うけど、好《す》きな人《ひと》なんてぜーんぜんできないし。

「さっきのチョコレートを入《い》れて混《ま》ぜたら、ふるっておいた小麦粉《こむぎこ》とココアを切《き》るように混《ま》ぜて。中《なか》の空気《くうき》をつぶさないようにね。」

一生懸命《いっしょうけんめい》ブラウニーを作《つく》るカナを見《み》てたら、急《きゅう》にうらやましくなった。いいなあ……わたしにも誰《だれ》か、本命《ほんめい》チョコあげる相手《あいて》、できないかなあ……。

「ま、アヒルのおまえなんかに言《い》ってもしょうがないけどな。」

えっ!?　突然《とつぜん》、口《くち》をひんまげて笑《わら》う透《とおる》くんの顔《かお》が頭《あたま》に浮《う》かんだ。なんでよりにもよってあんなイジワルな人《ひと》の顔《かお》が浮《う》かぶの？

「あらら、森原《もりはら》さん、チョコ、もうそれぐらいでいいんじゃない？」

向井先生《むかいせんせい》の声《こえ》に、ハッと我《われ》に返《かえ》ると、わたしはマシュマロにとかしたチョコをかけ続《つづ》けてて、そこらじゅう、小《ちい》さな茶色《ちゃいろ》い雪《ゆき》だるまだらけになってた……！　あちゃー、やっちゃった！

それからはみんなも手伝《てつだ》ってくれて、チョコまみれになったマシュマロをなんとかかわいく飾《かざ》りつけたり、調理台《ちょうりだい》をふいてまわったりしてるうちに、バレンタイン実習《じっしゅう》は終《お》わった。あーあ、これもみんな、ヘンなとこで出《で》てくる透《とおる》くんのせいだ。

「めい、お疲《つか》れ。はい、これ！」

帰《かえ》り際《ぎわ》、カナは赤《あか》い包装紙《ほうそうし》と水玉《みずたま》リボンでかわいくラッピングした箱《はこ》を両手《りょうて》で差《さ》し出《だ》し

た。

「ん？　これ友《とも》チョコじゃないでしょ？」

「うん、ガチの本命《ほんめい》チョコ。だから……めい、お願《ねが》い！」

お願《ねが》いって、わたしに？　どういうこと……？　するとカナは、何《なに》かおねだりするときの、とびきりかわいい顔《かお》をつくって言《い》った。

「このチョコ……透《とおる》くんに渡《わた》してほしいの！」

えーっ!?　やだ、そんなの――――！

バレエスクールは正直《しょうじき》、甘《あま》いお菓子《かし》が似合《にあ》うところじゃないけど、バレンタインデーだけは特別《とくべつ》。レッスン後《ご》の更衣室《こういしつ》は、みんながそれぞれ作《つく》ってきた「友《とも》チョコ」の交換大会《こうかんたいかい》になる。
ハート型《がた》に流《なが》しこんだミルクチョコ、アラザンやほしぶどうを飾《かざ》ったホワイトチョコ、

ココアクッキー、スノーボール、オレオのささったミニカップケーキ……うーん、どれもおいしそう！

中《なか》でもいちばんびっくりしたのは、さやかちゃんが作《つく》ったミニサイズのマカロン。ほんとに売《う》りものみたいにきれいで、バレエだけじゃなくてお菓子《かし》作《づく》りもこんなに上手《じょうず》なんて、ますますあこがれちゃう。

「はい、めいちゃんは水色《みずいろ》のね。」

そのうえ感激《かんげき》したのは、ピンクや水色《みずいろ》やグリーン、オレンジやレモンイエロー、色《いろ》とりどりのマカロンを、みんなのレオタードの色《いろ》に合《あ》わせて渡《わた》してくれたこと！　ああ、もったいなくて一生《いっしょう》食《た》べられないかも。

「日本《にほん》のトモチョコってほんとアメイジングね！」

杏樹《あんじゅ》は目《め》をまるくして、何度《なんど》も言《い》ってた。ニューヨークでは「友《とも》チョコ」を女《おんな》の子同士《こどうし》であげあう習慣《しゅうかん》はないんだって。

「バレンタインデーには、男《おとこ》の人《ひと》が女《おんな》の人《ひと》に花束《はなたば》やチョコレートを贈《おく》って、アイラブユーの気持《きも》ちを伝《つた》えるよ。」

杏樹《あんじゅ》はみんなの友《とも》チョコをひとつひとつ大事《だいじ》そうに眺《なが》めながら言《い》った。

「えっ、じゃあ女《おんな》の子《こ》はいつ男《おとこ》の子《こ》に告白《こくはく》すればいいの？」

梨央《りお》がおどろいて聞《き》くと、杏樹《あんじゅ》はどうしてそんなことを聞《き》くの？　といった顔《かお》で答《こた》えた。

「Anytime!《エニタイム》（いつでも！）」

なるほど、アメリカの女《おんな》の子《こ》はみんな積極的《せっきょくてき》だから、日本《にほん》みたいに「一年《ねん》に一度《ど》だけ、女《おんな》の子《こ》が男《おとこ》の子《こ》に告白《こくはく》する日《ひ》」なんていらないんだ。はあ、わたしもアメリカに生《う》まれてたら、こんなユウウツなたのまれごとしなくてすんだのに。

「どうしたの？　めいのマシュマロチョコだって、めっちゃおいしかったよ。」

南《みなみ》がわたしのため息《いき》を聞《き》きのがさず、言《い》った。

「ううん、なんでもない。南《みなみ》のチョコチップクッキーも最高《さいこう》！」

「そりゃそうでしょ。あれ、買《か》ったやつ。」

南《みなみ》はちろっと舌《した》を出《だ》して言《い》った。へえ、ふだんからお菓子作《かしづく》りが好《す》きな南《みなみ》が買《か》ったお菓《か》子《し》を配《くば》るなんてちょっと意外《いがい》だったけど、わたしは正直《しょうじき》それどころじゃなかった。紙袋《かみぶくろ》の底《そこ》にぽつんとひとつ残《のこ》っているのは、カナから強引《ごういん》に託《たく》されたブラウニーの箱《はこ》……。

今日《きょう》のレッスン、ちょうど透《とおる》くんが来《き》てたんだけど、なかなか渡《わた》すチャンスなんてなかった。ああ、早《はや》くしないとコンクールレッスンも終《お》わって帰《かえ》っちゃうし……。

「めい、そろそろ行《い》こう？　『四羽《わ》』、始《はじ》まるよ。」

梨央《りお》に言《い》われて、わたしはあわててブラウニーの入《はい》った袋《ふくろ》をトウシューズケースといっしょにこっそり持《も》って、四人《にん》でスタジオに戻《もど》った。

「ありがとうございました。」

ドキッ！　透《とおる》くんがちょうどコンクールレッスンを終《お》えて、先生《せんせい》にあいさつしているところだった。

「これ、ファンの方《かた》にいただいたんですけど、よかったらみなさんで召《め》し上《あ》がってください。」

透《とおる》くんはにこやかに笑《わら》って、先生《せんせい》に大《おお》きな手《て》さげ袋《ぶくろ》を渡《わた》した。先《せん》生《せい》はにんまり笑《わら》ってわたしたちのほうを見《み》た。誰《だれ》からともなく、先生《せんせい》のところに集《あつ》まって紙袋《かみぶくろ》の中《なか》をのぞきこむと、そこには高級《こうきゅう》そうなチョコレートの包《つつ》みがぎっしり！　ほんとに透《とおる》くんってアイドル並《な》みの人気《にんき》なんだ。

「ベビー科《か》さんや初等科《しょとうか》さん、あと茶話会《さわかい》でお母《かあ》さんたちにも平等《びょうどう》に分《わ》けなくちゃね。これは先生《せんせい》があずかっておくわ。」

えーっ、ずるーい、先生《せんせい》が食《た》べちゃうんでしょ⁉　などとみんなが口々《くちぐち》に言《い》いあってるすきに、わたしはその輪《わ》からそっと抜《ぬ》けだした。そして、スタジオを出《で》ていく透《とおる》くんを追《お》いかけた。

「あの、透《とおる》くん……！」

スタジオを出《で》てすぐのところで、透《とおる》くんが振《ふ》り返《かえ》った。

「なんだよ、アヒルか。」

そんなあだ名《な》で呼《よ》ばれたくなんかなかったけど、いちいち反応《はんのう》してるヒマはない。わたしは夢中《むちゅう》でブラウニーの箱《はこ》を差《さ》し出《だ》した。

「あの、これ……。」

透《とおる》くんは一瞬《いっしゅん》おどろいたように目《め》を見《み》開《ひら》いた。あ！　これじゃこのチョコ、わたしがあげてるみたいに思《おも》われちゃう！　あせるわたしより先《さき》に、透《とおる》くんが口《くち》を開《ひら》いた。

「悪《わる》いけどおれ、甘《あま》いもん食《く》わねえからさ。」

そう言《い》った透《とおる》くんは、いつものイジワルな顔《かお》じゃなくて、ちょっと大人《おとな》っぽい表情《ひょうじょう》をしてる。急《きゅう》に緊張《きんちょう》してドキドキしてきた。早《はや》く友達《ともだち》からって言《い》わなきゃ……！

「あ、わたしじゃなくて、学校《がっこう》の友達《ともだち》が大《だい》ファンで……。」

あわててわたしが言《い》いかけたとき、透《とおる》くんはさっとわたしの手《て》からブラウニーの箱《はこ》を取《と》った。

「とりあえずこれはもらっとく。」

そう言《い》って透《とおる》くんは帰《かえ》ってしまった。あーもう、人《ひと》の話《はなし》ぜんぜん聞《き》かないんだから！

でもカナは中《なか》にちゃんとカードを入《い》れたって言《い》ってたし、ちゃんと渡《わた》すことは渡《わた》したんだから、ま、いっか！　ユウウツなミッションを終《お》えてほっとしてスタジオに戻《もど》ろうとすると……。

「めいーー‼」

ギクッ！　少《すこ》し開《あ》いたドアのすき間《ま》から、南《みなみ》と梨央《りお》と杏樹《あんじゅ》がこっちを見《み》てた！　特《とく》に南《みなみ》は目《め》をつり上《あ》げてわたしをにらんでる。

「ひどい、透《とおる》くんにこっそりチョコ渡《わた》すなんて！　どうりでヘンだと思《おも》った、最近透《さいきんとおる》くんとなんかコソコソ……。」

「ち、ちがうってば、あれは学校《がっこう》の友達《ともだち》にたのまれて渡《わた》しただけで……！」

「だったら最初《さいしょ》から私《わたし》たちにそう言《い》えばよくない？」

あー、梨央《りお》まで、すっかり誤解《ごかい》してる。あーもう、カナのせいでさんざんな目《め》に！

「もうっ、ほんとに誤解《ごかい》なんだってば！　わたしだってイヤだったのに！　だったら誰《だれ》か代《か》わりに渡《わた》してよ！」

すると杏樹《あんじゅ》が、何《なに》かすごいことを発見《はっけん》したみたいに言《い》った。

「めい、それって、『ギャクギレ』!?」

その言《い》い方《かた》がおもしろくて、わたしたちは思《おも》わず吹《ふ》きだしてしまった。南《みなみ》と梨央《りお》と、顔《かお》を見合《みあ》わせて大笑《おおわら》いして、無事《ぶじ》に仲直《なかなお》り。ふう、杏樹《あんじゅ》のおかげで助《たす》かった……誤解《ごかい》が解《と》けたかどうかはビミョーだけど。

「四羽《わ》」の練習《れんしゅう》を始《はじ》めるとき、千鶴先生《ちづるせんせい》が言《い》った。

「さあ、今日《きょう》は音《おと》かけて最後《さいご》まで通《とお》せるかしら。」

そう、わたしたちは実《じつ》はまだ、一度《いちど》も音楽《おんがく》をかけて最後《さいご》まで通《とお》せていないのだ。先生《せんせい》の手拍子《てびょうし》のカウントだとなんとか最後《さいご》まで振《ふ》り付《つ》けどおりにできるようになったけど、音楽《おんがく》をかけて踊《おど》ると、とたんにバラバラになって、先生《せんせい》が途中《とちゅう》でCD《シーディー》を止《と》めに行《い》く。最初《さいしょ》なんか、「カトルパッセ」までもいかなかった。

「四人《にん》とも、音《おと》の取《と》り方《かた》がちがうから、音楽《おんがく》をかけるとぐちゃぐちゃになっちゃうのよ。」

「四羽《わ》の白鳥《はくちょう》」は、「アレグロモデラート」という速度《そくど》……つまり、そこそこ速《はや》いってこと。だから単純《たんじゅん》にひとつひとつのパを音楽《おんがく》に間《ま》に合《あ》わせるのがむずかしいっていうのはあるんだけど、それ以前《いぜん》にひとりひとりの音《おと》の取《と》り方《かた》が微妙《びみょう》に合《あ》っていないみたい。先生《せんせい》はまず、CD《シーディー》をかけて「四羽《わ》」の音楽《おんがく》を流《なが》しながら言《い》った。

「いい？　みんな、踊《おど》ってるとき、音楽《おんがく》を聴《き》いてちゃダメよ。」

えっ、先生《せんせい》はいつも音楽《おんがく》をよく聴《き》きなさいって言《い》うのに、音楽《おんがく》を聴《き》いちゃダメってどういうこと？

「もちろん、音楽《おんがく》は聴《き》くのよ。でも、ただメロディを聴《き》いてるんじゃダメ。メロディの中《なか》にあるビートを聴《き》くの。だから、『音楽《おんがく》を聴《き》くんだけど聴《き》かない』の。」

音楽《おんがく》を聴《き》くんだけど、聴《き》かない……？　うーん、わけがわからないようで、とってもよくわかるような気《き》もする。たしかにバレエを踊《おど》るときって、ふつうにただ音楽《おんがく》を聴《き》いているのとはちょっとちがうんだけど……それが「メロディの中《なか》にあるビートを聴《き》く」ってことなんだろうか？

「『四羽《わ》の白鳥《はくちょう》』は、スタッカートだからビートを取《と》るのはやさしいほうなのよ。」

スタッカートってたしか、「一音符《いちおんぷ》ずつ短《みじか》く切《き》って演奏《えんそう》する」って意味《いみ》だ。いつも先生《せんせい》が口《くち》ずさむ「タッタッタッタッタッターララッタ」ってやつだ。そういえばビートっていうのも、音楽《おんがく》の授業《じゅぎょう》でやった気《き》がする。ああ、もっとちゃんと教科書《きょうかしょ》読《よ》んでおけばよかった。

「ソロだって、自分勝手《じぶんかって》な音《おと》の取《と》り方《かた》をしちゃダメだけど、観《み》ているお客様《きゃくさま》にはわからないでしょう。でも、『四羽《わ》』は四人《にん》、同《おな》じように踊《おど》らなければお客様《きゃくさま》にもすぐわかってしまう。つまり、そろわなければ意味《いみ》がないの。」

四人《にん》、同《おな》じように踊《おど》らなければ意味《いみ》がない。やっぱり、「四羽《わ》の白鳥《はくちょう》」って、本当《ほんとう》に大《たい》変《へん》で、だからこそそろったときには美《うつく》しい、特別《とくべつ》な踊《おど》りなんだ。

「はい、やってみましょう。」

わたしたちは四人《にん》で手《て》をつなぎ、上手《かみて》から出《で》て、歩数《ほすう》を合《あ》わせて最初《さいしょ》の位置《いち》につく。千《ち》鶴先生《づるせんせい》がCD《シーディー》を再生《さいせい》する。「四羽《わ》の白鳥《はくちょう》」の曲《きょく》に合《あ》わせて、千鶴先生《ちづるせんせい》が指《ゆび》を鳴《な》らしてカウントする。最初《さいしょ》のクッペのアンボアテ、上半身《じょうはんしん》がブレないように腕《うで》をしっかり張《は》って、四人《にん》の列《れつ》はつねに舞台《ぶたい》と平行《へいこう》、顔《かお》ははっきり進行方向《しんこうほうこう》。

「ほらー！　パッセで方向転換《ほうこうてんかん》するときに、音《おと》とずれてバタバタだよ！」

ふう、同《おな》じ音楽《おんがく》を聴《き》いているのに、四人《にん》が四人《にん》とも、ほんのちょっとずつ音《おと》の取《と》り方《かた》がちがうんだ。そんなこと、今《いま》までぜんぜん気《き》づかなかった。

「進《すす》むときななめ前《まえ》に角度《かくど》つけて……真横《まよこ》に進《すす》んでるとカトルパッセで後《うし》ろに下《さ》がれないよ。」

そうそう、「四羽《わ》」は、上手《かみて》へ下手《しもて》へ、前《まえ》へ後《うし》ろへ、ななめ前《まえ》へ、ななめ後《うし》ろへと、ほんとにあちこちよく動《うご》く。だから踊《おど》りながら様子《ようす》を見《み》て、がんばってたくさん進《すす》んだり、あまり進《すす》まないようにしたり、角度《かくど》に気《き》をつけたりしなきゃいけないんだけど……。

「こらー、またセンターずれてる！　めいと南《みなみ》の間《あいだ》がセンターだよ。」

ほんとだ、鏡《かがみ》を見《み》ると、わたしがどまんなかにきちゃってる。二往復《おうふく》めのクッペ・アンボアテがうまくセンターで終《お》わるはずなのに、いつもどっちかにずれちゃう。

そこであせって位置《いち》を直《なお》そうとしたのがいけなかった。アントルシャ・カトルを跳《と》んだとき、つい左《ひだり》どなりの杏樹《あんじゅ》のほうに寄《よ》ってしまって、右《みぎ》どなりの南《みなみ》との間《あいだ》が開《ひら》いちゃった！

「めいっ、位置直《いちなお》そうとしてカトルななめに跳《と》ぶなんてダメー！　お客様《きゃくさま》にわからないように四人《にん》でちょっとずつ調整《ちょうせい》するんでしょ!?　森原《もりはら》めい――――！」

あちゃー、ついにフルネームでどなられちゃった。あせって、跳《と》ぶタイミング、おりるタイミングがバラバラになって、わたしの腕《うで》が引《ひ》っぱられてみんなの上半身《じょうはんしん》がくずれちゃう。いけない、いけない、立《た》て直《なお》さなきゃ！

「めい、アンボアテで下《さ》がっていくタイミングが遅《おそ》い！」

「パ・ド・シャの入《はい》り、今度《こんど》はめいだけ早《はや》いの！」

「めいのピケのパッセ、音《おと》に追《お》いついてない！」

うわー、立《た》て直《なお》すどころか、注意《ちゅうい》されるのはわたしばっかり。やっとラストのアラベスク、アロンジェ……ジャジャン！　という音《おと》で、膝《ひざ》をついてポーズ。ふう、気《き》をつけなきゃいけないことが多《おお》すぎて、とても全部《ぜんぶ》いっぺんにできない。

でもなんとか、はじめて最後《さいご》まで音楽《おんがく》をかけて通《とお》せたから、まあ進歩《しんぽ》はしてるってことだよね……？

「タイミングが合《あ》わないってことは、息《いき》が合《あ》ってないってこと。」

CD《シーディー》を止《と》めた千鶴先生《ちづるせんせい》が、前《まえ》の鏡《かがみ》のほうに歩《ある》きながら静《しず》かに言《い》った。

「『呼吸《こきゅう》が合《あ》う』ってどういうことだかわかる？　いつ息《いき》を吸《す》っていつ吐《は》いてるかまで合《あ》う、ってことよ。だから、もっととなりの友達《ともだち》を気《き》にしなさい。いつもいつもいつも気《き》にしなさい。」

最後《さいご》の言葉《ことば》も、四人《にん》に言《い》っているようで、先生《せんせい》がわたしにだけ注意《ちゅうい》してるみたいに感《かん》じた。もしかして……わたし、みんなの足《あし》を引《ひ》っぱってる!?

7 チームワークの見《み》せどころ！

冬《ふゆ》の青空《あおぞら》って、ほかの季節《きせつ》よりずっと青《あお》が濃《こ》い気《き》がする。こんな雲《くも》ひとつない晴《は》れの日《にち》曜日《ようび》に、広《ひろ》い空《そら》を見上《みあ》げていると、この青《あお》のなかに吸《す》いこまれてしまいそう。わたしはこの空《そら》の色《いろ》が大好《だいす》き！　こんな色《いろ》のレオタードがあったらなーって、いつも思《おも》うけど、まだ一度《いちど》も見《み》たことない。

「ジュン、がんばれ――!!」

お父《とう》さんが大《おお》きな手《て》をメガホンにして、大《おお》きな声《こえ》をはりあげる。その向《む》こうでお母《かあ》さんはビデオカメラをかまえてる。後半《こうはん》十五分《ふん》、選手交代《せんしゅこうたい》で選《えら》ばれて、青《あお》いユニフォームを着《き》たジュンが、元気《げんき》よくグラウンドに走《はし》り出《で》ていく。

今日《きょう》はジュンが所属《しょぞく》する地元《じもと》の女子《じょし》サッカーチームと、となり町《まち》の女子《じょし》サッカーチームとの練習試合《れんしゅうじあい》。点数《てんすう》は2対《たい》1で負《ま》けてるけど、みんなのやる気《き》と勢《いきお》いは全然《ぜんぜん》負《ま》けてない。

「敵《てき》は六年生中心《ねんせいちゅうしん》のチームだからなー。四、五年生《ねんせい》が多《おお》いうちのチームには、さすがに手《て》ごわいな。」

ジュンも三年生《ねんせい》にしては大《おお》きいほうだけど、相手《あいて》チームの大柄《おおがら》な選手《せんしゅ》の中《なか》に入《はい》ると大人《おとな》と子《こ》どもぐらい身長差《しんちょうさ》がある。でもジュンに言《い》わせると、サッカーはバレーボールとちがって身長《しんちょう》は関係《かんけい》ないんだって。ジュンが、大柄《おおがら》な女子《じょし》たちの間《あいだ》をぬってすばしっこく走《はし》るのを見《み》てたら、自分《じぶん》のことみたいに緊張《きんちょう》してきた。

「ジュン、そこだっ！　行《い》けっ、行《い》け――！」

お父《とう》さんの応援《おうえん》、ジュンに届《とど》いているかな？　わたしもお父《とう》さんに負《ま》けないように、胸《むね》の奥《おく》まで冷《つめ》たい空気《くうき》を吸《す》いこんだ。

「がんばれ――！　ジュン――!!」

思《おも》いっきり声《こえ》をはりあげたら、ジュンがちらっとこっちを見《み》たような……もちろん気《き》のせいだと思《おも》うけど。

「森原《もりはら》……？」

ん!?　後《うし》ろから名前《なまえ》を呼《よ》ばれて振《ふ》り返《かえ》ると……。

「ハルト!?」

赤《あか》と青《あお》のストライプの、派手《はで》なユニフォームを着《き》たハルトが立《た》っていた。

「ハルト、なんでこんなとこいんの!?」

「それはこっちのセリフだ。おれだって今朝《けさ》、試合《しあい》だったんだから。」

そういえば、うちの学校《がっこう》のサッカー部《ぶ》も今日《きょう》試合《しあい》があるって言《い》ってた。ハルトはお父《とう》さんとお母《かあ》さんにあいさつしてから得意《とくい》そうに胸《むね》を張《は》った。

「3対《たい》0でうちの勝《か》ち、楽勝《らくしょう》だよ。」

「やったね! で……ハルトは出《で》られたの?」

「いいんだよ、んなことはどうでも……チームが勝《か》つことが大事《だいじ》だろ?」

あーあ、ハルト、また試合《しあい》に出《だ》してもらえなかったんだ。いつもあんなに練習《れんしゅう》がんばってるのに、サッカーもきびしい世界《せかい》なんだなあ。

「おまえの妹《いもうと》、すげえな、三年生《ねんせい》なのに試合出《しあいだ》してもらって……お、またボール取《と》った。」

たしかに、久《ひさ》しぶりに見《み》たジュンは、サッカーにくわしくないわたしの目《め》にもわかるぐらいうまくなってる。

「いい動《うご》きしてるよ……足《あし》も速《はや》いし、レギュラーも夢《ゆめ》じゃないな。」

いつもいっしょにいて気《き》づかなかったけど、ジュンはすごい成長《せいちょう》してるんだなあ。はあ、それに引《ひ》きかえ、わたしは全然成長《ぜんぜんせいちょう》してない。

「四羽《わ》」でわたしだけ何度《なんど》も注意《ちゅうい》されて、でもぜんぜんできるようにならなくて、みんなに迷惑《めいわく》かけてばっかり……。ジュンはいいなあ、生《う》まれつき才能《さいのう》もあって、まわりからも期待《きたい》されてて、あんなにいきいきと輝《かがや》いてて……。

そのとき、ハルトに肩《かた》をぽんっとたたかれて、ハッと我《われ》に返《かえ》った。

「さすが、森原《もりはら》の妹《いもうと》だな！」

ハルトはそう言《い》って、ニカッと白《しろ》い歯《は》を見《み》せて笑《わら》った。うわ、わたしが落《お》ちこんでるの、なんとなくわかったのかな？　ハルトって、いっつも何《なに》も考《かんが》えてないみたいなのに、けっこうするどいとこあるんだよね。

「おーっ！　いいぞ、同点《どうてん》のチャンス!!」

「えっ!?」

相手《あいて》のゴール前《まえ》、走《はし》ってきたジュンにパスがまわってきた！　すごい！

「ジュン、しっかり――！」

落《お》ち着《つ》いてしっかり受《う》け止《と》めて、ジュンが右足《みぎあし》で素早《すばや》くボールをけった。

「ジュン、シュート――！」

お父《とう》さんの声《こえ》が青空《あおぞら》にひびいた。神様《かみさま》、お願《ねが》いっ！

「あーっ……。」

声援《せいえん》がため息《いき》に変《か》わった。ジュンのシュートしたボールは、ゴールから大《おお》きくはずれてころがっている。

「はーっ、惜《お》しかったなー！」

お父《とう》さんはくやしそうに空《そら》をあおいだ。わたしは夢中《むちゅう》で、グラウンドでもっとくやしそうにしているジュンに向《む》けて大声《おおごえ》をはりあげた。

「ジュンー、ドンマイ、ドンマイ！」

「そうだー！　次《つぎ》、次《つぎ》――！」

でも、わたしたちの応援《おうえん》むなしく、そのあとドリブルしていたボールを相手《あいて》チームの選《せん》手《しゅ》に取《と》られて、それが追加点《ついかてん》につながったところでジュンは交代《こうたい》、試合《しあい》も、3対《たい》1で負《ま》けてしまった。

「ジュン、落《お》ちこんでるだろうなあ。」

お父《とう》さんとお母《かあ》さんと、お弁当《べんとう》を広《ひろ》げる準備《じゅんび》をしながらジュンが戻《もど》ってくるのを待《ま》った。

「そうだなー、今日《きょう》はぜったいシュート決《き》めたいって、言《い》ってたからな。」

お父《とう》さんもまだくやしそうに言《い》う。はあ、なんて言《い》ってはげまそう……。ハルトに、こんなとき、なんて声《こえ》をかけたらいいのか聞《き》きたかったけど、もうチームのほうに戻《もど》ってしまっていた。もう、かんじんなときにいないんだから！

「あ、ジュンが来《く》るわよ。ほら、お父《とう》さんもめいも、もっと明《あか》るい顔《かお》して！　笑顔《えがお》、笑《え》顔《がお》！」

お母《かあ》さんが手《て》をひらひら振《ふ》りながら言《い》った。

「わかってるよ、そんなこと……ジュンー！　こっちこっち。」

お父《とう》さんが大声《おおごえ》で呼《よ》ぶと、ジュンがわたしたちを見《み》つけて手《て》を振《ふ》って、走《はし》ってくる。よしっ、笑顔《えがお》ではげまそう。

「ジュン、お疲《つか》れさま！」

わたしがせいいっぱい明《あか》るく言《い》うと、ジュンは照《て》れたように笑《わら》って言《い》った。

「シュート、はずしちゃったけどね……試合《しあい》も負《ま》けちゃったし。」

お母《かあ》さんはシートの上《うえ》にぺたんと座《すわ》ったジュンの頭《あたま》をよしよしとやった。

「次《つぎ》、またがんばればいいじゃない。さあ、お弁当《べんとう》食《た》べよう？」

お母《かあ》さんがジュンにおしぼりを渡《わた》したり、お茶《ちゃ》をついだりするのを手伝《てつだ》っていると、お父《とう》さんはせきばらいをひとつして、ジュンにちょっとあらたまって言《い》った。

「ジュン……いいか、どんな名選手《めいせんしゅ》だって、毎回《まいかい》うまくいくなんてことはないんだぞ。本《ほん》当《とう》にジュンはよくやったじゃないか！」

もう、お父《とう》さん、そんなこと言《い》って、ジュンが泣《な》きだしたらどうするの？　わたしがあわててジュンの顔《かお》をのぞきこむと……。

「わあっ、サッカーボールおにぎりだ！」

ジュンは満面《まんめん》の笑《え》みで、わたしが作《つく》ったサッカーボールの形《かたち》のおにぎりを手《て》に取《と》った。

「はー、おなかすいたあああ！　いっただきまーす！」

おにぎりをほおばるジュンの前《まえ》で、わたしとお父《とう》さんとお母《かあ》さんは拍子《ひょうし》抜《ぬ》けして顔《かお》を見《み》合《あ》わせた。

「ジュン……落《お》ちこんでないの？」

わたしが聞《き》くと、ジュンは笑顔《えがお》で首《くび》を横《よこ》に振《ふ》った。

「ぜーんぜん！」

ジュンは、お母《かあ》さんの作《つく》った鶏《とり》のから揚《あ》げに手《て》を伸《の》ばしながら言《い》った。

「シュートが決《き》まらなかったのはくやしいけど、でもそれはひとりのせいじゃないんだって。シュートは、チームワークで決《き》めるものなんだよ。」

そう言《い》ったジュンの顔《かお》が、ものすごく大人《おとな》っぽく見《み》えた。

「そのあとはいいパスも出《だ》せたし、また次《つぎ》の試合《しあい》でがんばろうって思《おも》えたよ。お母《かあ》さん、から揚《あ》げおいしいー！」

うわー、やられた！　ジュン、えらいなあ……きっと、ほんとは落《お》ちこんでるけど、すぐに前向《まえむ》きな気持《きも》ちに切《き》り替《か》えてる。まだ三年生《ねんせい》なのに、そんなことができるなんて。

「さすが森原《もりはら》の妹《いもうと》」ってハルトは言《い》ってくれたけど、今《いま》のわたしはジュンを見習《みなら》うことがいっぱい。わたしも、「さすがジュンのお姉《ねえ》さん」って言《い》われるようにがんばらなくちゃ！

「私《わたし》はこれから出《で》かけなくちゃならないから、スタジオ使《つか》い終《お》わったら鍵《かぎ》をポストに入《い》れておいてね。」

千鶴先生《ちづるせんせい》は丈《たけ》の長《なが》いえんじ色《いろ》のスカートに、黒《くろ》いロングコートを羽織《はお》って言《い》った。レッスン着《ぎ》でない、ふつうの服《ふく》を着《き》ている先生《せんせい》を見《み》るのはなんかへんな感《かん》じがする。

「ありがとうございます。」

あのあと、いてもたってもいられなくなって、グラウンドから帰《かえ》ってすぐ、バレエスクールにかけつけたのだ。四人《にん》のなかでわたしだけ出遅《でおく》れているんなら、ひとりでもっともっと練習《れんしゅう》すればいい。

「日曜日《にちようび》なんだから、ちゃんと夕飯《ゆうはん》までには帰《かえ》りなさいよ。」

千鶴先生《ちづるせんせい》が出《で》かけてしまうと、急《きゅう》に心細《こころぼそ》くなった。勢《いきお》いこんで自主練習《じしゅれんしゅう》に来《き》たはいいけど、いったい何《なに》から手《て》をつければいいだろう……。しんとしたスタジオにひとりでいると、ますますさびしくなりそうで、わたしはすぐに「四羽《わ》の白鳥《はくちょう》」のCD《シーディー》をかけた。最初《さいしょ》のポッポッポッポッポッも、みんなで聴《き》いているときより悲《かな》しい感《かん》じに聴《き》こえる。

まずは体《からだ》を動《うご》かさず、目《め》をつぶって聴《き》いてみた。あらためて聴《き》いて思《おも》ったけど、本当《ほんとう》にテンポが速《はや》くて、あっという間《ま》に終《お》わってしまう曲《きょく》なんだなあ。こんなに短《みじか》い踊《おど》りなんだから、うまくいかないところをひとつひとつクリアしていけば、きっと少《すこ》しはよくなるはず！

そうだ、先生《せんせい》に今《いま》まで注意《ちゅうい》されたことを書《か》きだしてみよう。わたしはトウシューズケースから、音符柄《おんぷがら》の小《ちい》さなノートとペンを取《と》りだした。レッスンのあとに課題《かだい》をメモしようと思《おも》って、いつも入《い》れてあったのに、ずっと忘《わす》れてしまっていた。

「四羽《わ》」の練習《れんしゅう》を振《ふ》り返《かえ》って書《か》きはじめると、次《つぎ》から次《つぎ》へと思《おも》いだしてきて、だんだん走《はし》り書《が》きのぐちゃぐちゃな字《じ》になっちゃったけど、自分《じぶん》だけ読《よ》めればいいから、まあいっか。

ノートを書《か》き終《お》えてから、もう一度《いちど》最初《さいしょ》から「四羽《わ》」をかけて、今度《こんど》は注意《ちゅうい》された箇所《かしょ》を意識《いしき》して聴《き》いてみた。特《とく》にわたしが、タイミングがずれてるって言《い》われるのは、連続《れんぞく》していたパがほかのパに変《か》わるつなぎ目《め》のところが多《おお》いんだ。

わたしはCD《シーディー》プレーヤーの「リピート」というボタンを押《お》して、何度《なんど》も何度《なんど》も「四羽《わ》」をかけ続《つづ》けた。音楽《おんがく》に集中《しゅうちゅう》しながら体《からだ》を動《うご》かしてみると、先生《せんせい》が言《い》っていた「メロディの中《なか》にあるビートを聴《き》く」という意味《いみ》がわかってきたような気《き》がする。

次《つぎ》は自分《じぶん》で、「一、二、三、四。」とカウントしながら踊《おど》ってみた。カトルパッセやエシャッペも、カウントに合《あ》わせて、跳《と》びあがるときとおりるとき、脚《あし》を上《あ》げはじめるときと下《お》ろすとき、全部《ぜんぶ》カウントを意識《いしき》してやってみる。

うん、いつもはなんとなく踊《おど》っていた部分《ぶぶん》も、しっかりカウントに合《あ》わせて脚《あし》をきびび動《うご》かすと、今《いま》まで間《ま》に合《あ》わなかったところも間《ま》に合《あ》うようになる。早《はや》すぎたところは気《き》持《も》ちがあせって、「ため」がなかったんだとわかる。

そうか、「音楽《おんがく》を聴《き》くんだけど聴《き》かない」って、頭《あたま》の中《なか》でカウントをきざみながら音楽《おんがく》を聴《き》くってことなんだ。どんなきれいなメロディや、大好《だいす》きな曲《きょく》でも、バレエを踊《おど》るときは、頭《あたま》の中《なか》で「ビート」、拍子《ひょうし》を取《と》りながら体《からだ》を動《うご》かしてるんだ。

途方《とほう》に暮《く》れていた「四羽《わ》」に、少《すこ》し希望《きぼう》の光《ひかり》が見《み》えてきて、うれしい反面《はんめん》、くやしい、後悔《こうかい》の気持《きも》ちがわきあがってくる。わたしは「四羽《わ》」の曲《きょく》が流《なが》れ続《つづ》けるスタジオのまんなかで立《た》ちつくし、両手《りょうて》で顔《かお》をおおった。

もっと早《はや》くこのことに気《き》づいていれば、もっとよく音楽《おんがく》を聴《き》いていれば、もっとちゃんと先生《せんせい》の注意《ちゅうい》を復習《ふくしゅう》していればよかった。わたしは「四羽《わ》の白鳥《はくちょう》」を踊《おど》れることに浮《う》かれていて、そこまで真剣《しんけん》に取《と》り組《く》んでいなかったんだ。

時間《じかん》を巻《ま》きもどして、今《いま》までのレッスンも全部《ぜんぶ》やり直《なお》したい。四人《にん》そろって練習《れんしゅう》できるのは、いつだって貴重《きちょう》な時間《じかん》だったのに……。ああ、みんなと早《はや》く合《あ》わせて踊《おど》ってみたい！

そのとき、ドアが開《あ》く音《おと》がした。ビクッとして振《ふ》り返《かえ》ると……え!? なんで!?

「めい、ひとりで秘密練習《ひみつれんしゅう》なんて、ずるいんだから！」

白《しろ》いレオタードを着《き》た梨央《りお》が言《い》った。

「そうだよ、めいって昔《むかし》から水《みず》くさいとこあるよねー。」

ピンクのレオタードを着《き》た南《みなみ》が言《い》った。

「めいー、練習《れんしゅう》したらおなかすくかと思《おも》って、差《さ》し入《い》れ！　お母《かあ》さん、あれから日本《にほん》の駄《だ》菓子《がし》にハマってるの！」

クリーム色《いろ》のレオタードを着《き》た杏樹《あんじゅ》が、手《て》に持《も》った駄菓子屋《だがしや》の茶色《ちゃいろ》の紙袋《かみぶくろ》を上《あ》げて見《み》せる。

「みんな……どうして……？」

目《め》の前《まえ》に、南《みなみ》と梨《り》央《お》と杏樹《あんじゅ》が立《た》っている。夢《ゆめ》みたいで、信《しん》じられない。神様《かみさま》が、わたしの願《ねが》いを聞《き》いてたの？　でも、そんなにすぐ願《ねが》いをかなえてもらえるほど、わたし、勉強《べんきょう》も家《いえ》の手伝《てつだ》いもがんばってない……。おどろきすぎて、何《なに》がなんだかわからないわたしの様子《ようす》に、みんなが笑《わら》った。

「さっき千鶴先生《ちづるせんせい》が、お母《かあ》さんに茶話会《さわかい》のことで電話《でんわ》くれたときに、めいがひとりで『四羽《わ》』の練習《れんしゅう》してるって教《おし》えてくれて。」

梨央《りお》が言《い》った。梨央《りお》のお母《かあ》さんは、有村《ありむら》バレエスクールの保護者《ほごしゃ》の会《かい》で役員《やくいん》をしてるから、千鶴先生《ちづるせんせい》ともしょっちゅう連絡《れんらく》を取《と》ってるみたい。

「で、梨央《りお》がうちに電話《でんわ》くれて、うちが杏樹《あんじゅ》にＬＩＮＥ《ライン》して、ここに集合《しゅうごう》したってわけ。」

千鶴先生《ちづるせんせい》は、ひとりで心細《こころぼそ》かったわたしの気持《きも》ちを察《さっ》して、梨央《りお》のお母《かあ》さんに言《い》ったんじゃないかな。それに、わたしひとりじゃどうにもならないってこともわかってたのかも。

「So《ソー》 cute《キュート》!　これ、めいの?」

ん?　と見《み》ると、杏樹《あんじゅ》がわたしの音符柄《おんぷがら》のノートを手《て》にしている。

「あ――!　それ、見《み》ちゃダメ――!」

わたしが杏樹《あんじゅ》からノートを取《と》り返《かえ》すより先《さき》に、梨央《りお》がひょいっと手《て》に取《と》った。

「うーわ、超《ちょう》きったない字《じ》!」

あちゃー!　さっきのぐちゃぐちゃの走《はし》り書《が》きを見《み》られちゃった。はあ、いつもはもうちょっときれいな字《じ》で書《か》いてるのに。すると、ノートをのぞきこんでいた南《みなみ》が言《い》った。

「めい……これ、すごい!」

「あ……はは、すごいきたない字《じ》でしょ、誰《だれ》かに見《み》せると思《おも》ってなかったから……。」

「ちがう、字《じ》じゃなくて……書《か》いてあることが。」

書《か》いてあることが?　南《みなみ》の言葉《ことば》に、わたしたち四人《にん》はいっしょに小《ちい》さなノートをのぞきこんだ。

「四羽《わ》の白鳥《はくちょう》」先生《せんせい》に注意《ちゅうい》されたことメモ

☆手《て》をつなぐときはかならず右腕《みぎうで》が上《うえ》
☆四人《にん》で並《なら》んだまま動《うご》く　前後《ぜんご》にでこぼこしない　くっついたりはなれたりしない
☆ちゃんと腕《うで》を張《は》る　上半身《じょうはんしん》がブレるととなりの人《ひと》に迷惑《めいわく》かかる
☆脚《あし》出《だ》す方向《ほうこう》、体《からだ》の方向《ほうこう》を合《あ》わせる
☆端《はじ》っこの人《ひと》が引《ひ》っぱるだけじゃ進《すす》まない　みんなで押《お》していく
☆アンボアテの最後《さいご》、センターで終《お》わる
☆甲《こう》を伸《の》ばす　エシャッペ、パッセなどちゃんと五番《ばん》に入《い》れる
☆音楽《おんがく》を聴《き》くんだけど聴《き》かない　頭《あたま》の中《なか》でビートをきざみながら聴《き》く
☆パッセで方向転換《ほうこうてんかん》するとき音《おと》とずれない
☆進《すす》むときななめ前《まえ》に角度《かくど》つけて
☆アンボアテで下《さ》がっていくタイミングが遅《おそ》い
☆パ・ド・シャの入《はい》り、早《はや》すぎ

☆パッセの脚《あし》、音《おと》に追《お》いついてない
☆タイミングが合《あ》わない↓息《いき》が合《あ》ってない
☆となりの友達《ともだち》をいつもいつも気《き》にしていること

「先生《せんせい》の言《い》ったこと、こんなに覚《おぼ》えてるなんて、ほんとにすごいよ、めい！」

南《みなみ》が目《め》を輝《かがや》かせて言《い》った。

「うん、なんとか解読《かいどく》できた。いいじゃん、これを最初《さいしょ》っから全部《ぜんぶ》、練習《れんしゅう》してみようよ。」

梨央《りお》もノートを読《よ》んで何度《なんど》もうなずいて言《い》った。

「ワタシはぜんぜん読《よ》めないけど……めいがすごいことはわかるよ！」

杏樹《あんじゅ》はそう言《い》って完璧《かんぺき》なウィンクをした。

「みんな……ありがとう！　いっしょにがんばろうね！」

ああ、今日《きょう》はなんてうれしい日曜日《にちようび》なんだろう。みんなの気持《きも》ちが合《あ》わさって、四人《にん》そろって「四羽《わ》」の練習《れんしゅう》ができるなんて。チームワークが大事《だいじ》って、ジュンも言《い》ってた。ここからが、わたしたち四人《にん》のチームワークの見《み》せどころだ！

8 突然《とつぜん》の涙《なみだ》は、なんの涙《なみだ》!?

「アティテュード・ターン、もっと回転速《かいてんはや》く……ターラン、タラッラン！　でダブルまでまわりきる……そう！　いいよ。」

千鶴先生《ちづるせんせい》のコンクールレッスンに熱《ねつ》が入《はい》る。さやかちゃんが「黒鳥《こくちょう》のヴァリエーション」を踊《おど》るコンクールが近《ちか》づいているのだ。わたしたちはスタジオのすみで、それぞれの宿題《しゅくだい》のノートやプリントを手《て》にしてるけど、ついつい見《み》とれてしまって宿題《しゅくだい》はなかなか進《すす》まない。

「ねえねえ、千鶴先生《ちづるせんせい》、ワタシたちの『四羽《わ》』見《み》てなんて言《い》うと思《おも》う？」

杏樹《あんじゅ》がワクワクしたような口《くち》ぶりで言《い》った。

「どうかな。まあ、ちょっとはほめてくれるかもね？」

梨央《りお》はクールに言《い》ったけど、ほんとは自信《じしん》があるのがわかる。

「あなたたち、よくがんばったじゃないー、って？」

南《みなみ》が、千鶴先生《ちづるせんせい》の口真似《くちまね》をしてみんなを笑《わら》わせる。あれから四人《にん》で、「四羽《わ》」をそろえる練習《れんしゅう》をできるかぎりがんばった。その成果《せいか》を、早《はや》く千鶴先生《ちづるせんせい》に見《み》てほしくてたまらない。そして、何《なに》かうれしい言葉《ことば》がもらえるんじゃないかって期待《きたい》してるのだ。

「お先《さき》に。『四羽《わ》』、がんばってね！」

レッスンを終《お》えたさやかちゃんが、スタジオを出《で》ていく前《まえ》に声《こえ》をかけてくれた。流《なが》れる汗《あせ》で、ラベンダー色《いろ》のレオタードが濃《こ》いむらさきに変《か》わってる。「黒鳥《こくちょう》のヴァリエーション」って、本当《ほんとう》に激《はげ》しい踊《おど》りなんだ。わたしたちは口々《くちぐち》に、お疲《つか》れさまでした！　と言《い》いながら立《た》ち上《あ》がった。

「『四羽《わ》』、準備《じゅんび》できたら曲《きょく》かけるよー。」

いつもより倍速《ばいそく》スピードで準備《じゅんび》をして、上手奥《かみておく》のコーナーに並《なら》んだ。杏樹《あんじゅ》の右腕《みぎうで》がわたしの左腕《ひだりうで》の上《うえ》に、わたしの右腕《みぎうで》が南《みなみ》の左腕《ひだりうで》の上《うえ》に、南《みなみ》の右腕《みぎうで》が梨央《りお》の左腕《ひだりうで》の上《うえ》になるように交差《こうさ》して、しっかり手《て》をつなぐ。千鶴先生《ちづるせんせい》がうなずいたのを合図《あいず》に一歩《ぽ》めの脚《あし》を踏《ふ》み出《だ》し、歩数《ほすう》を合《あ》わせて最初《さいしょ》の位置《いち》につく。先生《せんせい》がＣＤ《シーディー》の再生《さいせい》ボタンを押《お》す。

ポッポッポッポッ、前《まえ》クッペからアンボアテ。みんなで「一、二、三、四。」とかけ声《ごえ》をかけながら練習《れんしゅう》した。ちょっとバレエとはかけはなれたイメージだけど、運動会《うんどうかい》で二人《ににん》三脚《さんきゃく》やムカデ競走《きょうそう》の練習《れんしゅう》をしたときみたいに。

そうしたら、進《すす》もうとするとすぐ腕《うで》が引《ひ》っぱられて、四人《にん》の列《れつ》がぐちゃぐちゃになっていたのもだいぶ進《すす》みやすくなった。みんなで、「このあたりではできるだけ移動《いどう》する。」「ここではあまり進《すす》まないようにする。」といういかげんが少《すこ》しわかってきて、アンボアテの終《お》わりもちゃんとセンターで終《お》われた。

カトルパッセもエシャッペも、カウントはそろった。ジュテとアンボアテで下《さ》がっていくところ、わたしだけ遅《おく》れてるのも、パ・ド・シャの入《はい》りが早《はや》すぎるのも気《き》をつけた……つもり。パッセの脚《あし》を上《あ》げたり下《お》ろしたりするタイミングも、「曲《きょく》の中《なか》のビート」を意識《いしき》したら、前《まえ》より曲《きょく》がゆっくりに感《かん》じるようになったから不思議《ふしぎ》。

最後《さいご》のドゥミ・アティテュードのアンボアテ十六回《かい》のところはもう脚《あし》がだいぶバテてたけど、なんとか最後《さいご》まで甲《こう》を伸《の》ばした。最後《さいご》のアラベスク、アロンジェ、最後《さいご》のポーズ、なんとか音《おと》に間《ま》に合《あ》ってフィニッシュできた！　うん、きっと今《いま》までいちばんいい出来《でき》

だったと思《おも》う。

千鶴先生《ちづるせんせい》は、はじめて誰《だれ》のことも注意《ちゅうい》しないで、最後《さいご》までだまって見《み》ていた。そして、腕組《うでぐ》みをして口《くち》を開《ひら》いた。

「そうねえ、今《いま》のあなたたちの踊《おど》り、ひと言《こと》で言《い》うと……。」

わたしたちは息《いき》を切《き》らしながら、目《め》を輝《かがや》かせて先生《せんせい》の次《つぎ》の言葉《ことば》を待《ま》った。

「『四羽《わ》の白鳥《はくちょう》』じゃなくて『四羽《わ》のニワトリ』ね！」

白鳥《はくちょう》じゃなくてニワトリ!?　それってどういう意味《いみ》？　でも、ほめてないことだけは確《たし》かだよね……。

「みんなボディがぐにゃぐにゃして、首《くび》が前《まえ》に出《で》て、ニワトリそっくりよ。全体《ぜんたい》にバタバタして、必死《ひっし》でもがいてるみたい。」

ひ、ひどい……あんなに一生懸命練習《いっしょうけんめいれんしゅう》したのに、必死《ひっし》でもがいてるニワトリなんて！

それにしても、アヒルの次《つぎ》はニワトリ……わたしってほんっとにバレエの才能《さいのう》ゼロなのかも!?

「腕《うで》がキープできて、胴体《どうたい》が動《うご》かなくなってはじめて、速《はや》い動《うご》きができるようになるのよ。」

　わたしたちはそこまででじゅうぶんガックリきてたけど、千鶴先生《ちづるせんせい》の注意《ちゅうい》は止《と》まらなかった。

「シャッセアラベスク、誰《だれ》も一番《ばん》ポジションを通《とお》ってない。角度《かくど》もルーズだし、おへその位置《いち》が真正面《ましょうめん》向《む》いちゃってる。パ・ド・シャは友達《ともだち》の腕《うで》にぶらさがって移動《いどう》してるだけ。ドゥミ・アティテュードの前後《ぜんご》のアンボアテは、脚《あし》がほとんど上《あ》がってないからみんなで床掃除《ゆかそうじ》でもしてるみたい。」

　うわー、容赦《ようしゃ》ない！　こういうときの千鶴先生《ちづるせんせい》って、ほんっと口《くち》が悪《わる》いっていうか毒《どく》舌《ぜつ》っていうか……ふだんのやさしい先生《せんせい》とは別人《べつじん》のよう。

「あなたたち、そんなんでできたつもりにならないでね。」

　千鶴先生《ちづるせんせい》が言《い》いたいのは、わたしたちが優雅《ゆうが》な白鳥《はくちょう》とはまるでかけはなれてるってことだ。自分《じぶん》たちでいくらそろえたつもりになってたって、やっぱり先生《せんせい》から見《み》たら全然《ぜんぜん》ダメなんだ。そう思《おも》ったら、日曜日《にちようび》、四人《にん》で練習《れんしゅう》したあの宝物《たからもの》のような時間《じかん》がよみがえって、鼻《はな》の奥《おく》のほうがツーンとした。

ダメ、泣《な》いちゃダメ……！　ここでひとりだけ泣《な》いたりしたら、めちゃくちゃカッコ悪《わる》いってわかってる。目《め》のふちまでわきあがった涙《なみだ》を引《ひ》っこめようと、わたしが歯《は》を食《く》いしばった瞬間《しゅんかん》、千鶴先生《ちづるせんせい》が目尻《めじり》を下《さ》げてニコッと笑《わら》った。

「だって……やっと、こんなまともな注意《ちゅうい》ができるようになったんだから。」

え……!?　千鶴先生《ちづるせんせい》、今《いま》のはもしかして……ほめてる？

「ここまでそろえるの、大変《たいへん》だったでしょう。あなたたち、よくがんばったじゃないー。」

さっき南《みなみ》が先生《せんせい》の口真似《くちまね》をした、そっくりそのままのセリフに、わたしたちはパッと顔《かお》を見合《みあ》わせた。みんなの顔《かお》に、涙《なみだ》を引《ひ》っこめたあとがあった。

「さあ、これでやっとスタートラインに立《た》ったのよ！」

千鶴先生《ちづるせんせい》がパンッと手《て》を打《う》った。やった！　先生《せんせい》は、わたしたちの練習《れんしゅう》の成果《せいか》を、ちゃんと認《みと》めてくれたんだ。わたしたちの「四羽《わ》」は、ここからがやっとスタートなんだ。これからも四人《にん》で力《ちから》を合《あ》わせれば、アヒルでもニワトリでもない、四羽《わ》の「白鳥《はくちょう》」になれるはず。

さっき目《め》に浮《う》かんだ涙《なみだ》はもう出番《でばん》がなくなって、かわりに喜《よろこ》びの笑《え》みがあふれた。梨央《りお》も、杏樹《あんじゅ》も……でも、南《みなみ》だけはちがった。

「南《みなみ》、どうしたの……？」

わたしが言《い》い終《お》わらないうちに、南《みなみ》の顔《かお》はみるみる悲《かな》しそうにゆがんで、まつ毛《げ》にたまった涙《なみだ》があふれだした。これは……なんの涙《なみだ》？　うれし涙《なみだ》？　ほっとした涙《なみだ》？　それとも……？　千鶴先生《ちづるせんせい》が南《みなみ》に歩《あゆ》み寄《よ》り、静《しず》かに言《い》った。

「どうして泣《な》いているのか、先生《せんせい》に話《はな》してくれる？」

南《みなみ》は止《と》まらない涙《なみだ》をかくすように、タオルでぎゅっと目《め》のあたりを押《お》さえた。そして、しゃくりあげながら、途《と》切《ぎ》れ途《と》切《ぎ》れに言《い》った。

「四人《にん》でいっしょに『四羽《わ》の白鳥《はくちょう》』を踊《おど》りたかった。でも……もう踊《おど》れない……ごめんなさい……！」

南《みなみ》の、しぼりだすような言葉《ことば》に、わたしも梨央《りお》も杏樹《あんじゅ》も、そして千鶴先生《ちづるせんせい》も、おどろいて立《た》ちつくした。南《みなみ》が、もう「四羽《わ》の白鳥《はくちょう》」を踊《おど》れないってどういうこと!?

「五年生《ねんせい》ももう残《のこ》すところあと一か月《げつ》だな。」

五年《ねん》三組《くみ》のホームルーム、担任《たんにん》の国枝先生《くにえだせんせい》が言《い》った。

「中学受験《ちゅうがくじゅけん》を考《かんが》えている人《ひと》は、これからがいよいよ正念場《しょうねんば》だ。今《いま》まで塾《じゅく》に通《かよ》ってなくても、この冬《ふゆ》から行《い》きはじめたって人《ひと》もいるだろう。」

「公立組《こうりつぐみ》のおれらにはカンケーねえ話《はなし》だよなー。」

ハルトが、後《うし》ろのほうの席《せき》の男子《だんし》たちとふざけながらツッコミを入《い》れる。いつものことだから国枝先生《くにえだせんせい》も慣《な》れっこで、軽《かる》く受《う》け流《なが》す。

「まあ、最後《さいご》まで聞《き》け。先生《せんせい》が言《い》いたいことはあれだ……勉強《べんきょう》しない人《ひと》は、勉強《べんきょう》をがんばってる人《ひと》のじゃまをしないように!」

「ひっでー、傷《きず》つくなー、そんな言《い》い方《かた》。」

ハルトが大《おお》げさに、グサッと胸《むね》を刺《さ》されて倒《たお》れるような身振《みぶ》りをする。ふだんなら、あーまたハルトたちがバカやって、なんて笑《わら》って見《み》てるとこだけど、今日《きょう》にかぎってはわたしもかなりグサッときてる。はあ……何《なに》よ、国枝先生《くにえだせんせい》まで、このタイミングでそんな話《わ》題持《だいも》ち出《だ》さなくたっていいのに。

「ねえねえ、透《とおる》くん、うちのチョコ、食《た》べてくれたかなー？」

帰《かえ》り支度《じたく》をしていると、カナがうっとり顔《がお》で聞《き》いてきた。まったく、こっちはそれどころじゃないっつーの！

「カナ、その質問《しつもん》、もう五回《かい》め。」

シオリンが塾《じゅく》の宿題《しゅくだい》の続《つづ》きをやりながら、冷静《れいせい》な口調《くちょう》で言《い》った。

「えー、だって気《き》になるじゃなーい。」

透《とおる》くんに、「おれ甘《あま》いもん食《く》わねえからさ。」って言《い》われたこと、結局《けっきょく》カナには言《い》いにくくてそのままにしちゃってる。まあいいや、どうせバレないし……。

「どうかな……チョコ食《た》べたかはわかんないけど、とりあえずカナからのカードは読《よ》んだんじゃない？」

わたしがテキトーにごまかすと、カナは、ん？　と首《くび》をかしげた。

「カードなんて入《い》れてないよ。」

「え!?　だって入《い》れるって言《い》ってたじゃない……。」

「うん、そのつもりでいちおう書《か》いたんだけど、いざとなったら恥《は》ずかしくて……今回《こんかい》はチョコ渡《わた》してもらうだけでいいかなって。」

うそでしょ!? それじゃ、透《とおる》くん、あのチョコ、わたしがあげたって誤解《ごかい》したままかも!? うえーっ、やだ、そんなの!

「どうしたの、めい、なんか顔色悪《かおいろわる》いみたい、大丈夫《だいじょうぶ》?」

もうっ、カナのせいでぜんぜん大丈夫《だいじょうぶ》じゃない! もう一回《かい》、なんとしても友達《ともだち》からって念押《ねんお》さなきゃ大変《たいへん》だ……!

「なんか悩《なや》みごとでもあるわけ? 今日《きょう》、朝《あさ》からヘンだもん。」

シオリンがわたしの顔《かお》をまじまじと見《み》て言《い》った。そう、今《いま》のわたしには透《とおる》くんのチョコのことなんかより、大《おお》きな悩《なや》みがある。南《みなみ》の涙《なみだ》の理由《りゆう》は、とてもわたしひとりじゃ抱《かか》えきれない、深刻《しんこく》な問題《もんだい》だったのだ。

南《みなみ》は冬休《ふゆやす》み、両親《りょうしん》のすすめで塾《じゅく》の冬期講習《とうきこうしゅう》に出《で》て、中学受験《ちゅうがくじゅけん》をすることに決《き》めた。初《はつ》レッスンの日《ひ》、ギリギリに来《き》たのも、塾《じゅく》に行《い》っていたからだった。

今《いま》は、バレエのレッスンがない月《げつ》、水《すい》、金《きん》の週《しゅう》三回塾《かいじゅく》に通《かよ》い、日曜日《にちようび》は一日《いちにち》、塾《じゅく》の宿題《しゅくだい》や勉強《べんきょう》にあてている。それでなんとかやっていたけど、この間《あいだ》、日曜日《にちようび》に「四羽《わ》」の練習《れんしゅう》に出《で》かけたことがきっかけで、やっぱりバレエフェスティバルに出《で》るのは無理《むり》なんじゃないか、という家族会議《かぞくかいぎ》になったらしい。

春休《はるやす》みは春期講習《しゅんきこうしゅう》があるから、みんなと同《おな》じようには練習《れんしゅう》できないだろうし、本番当日《ほんばんとうじつ》は、塾《じゅく》の学力判定《がくりょくはんてい》テストの日程《にってい》と重《かさ》なっているから、今《いま》のうちにあきらめたほうがいいというのが、南《みなみ》の両親《りょうしん》の結論《けつろん》だった。

みんなに申《もう》し訳《わけ》ないと、泣《な》きながら何度《なんど》もあやまって、帰《かえ》っていく南《みなみ》を、わたしたちはただ見送《みおく》ることしかできなかった。

「私《わたし》たちの『四羽《わ》の白鳥《はくちょう》』はどうなっちゃうんですか!?」

最初《さいしょ》に千鶴先生《ちづるせんせい》に詰《つ》め寄《よ》ったのは梨央《りお》だった。

「先生《せんせい》、なんとかしてください！」

杏樹《あんじゅ》も先生《せんせい》の前《まえ》に歩《あゆ》み出《で》て言《い》った。でも、千鶴先生《ちづるせんせい》はきっぱりと首《くび》を横《よこ》に振《ふ》った。

「進学《しんがく》や受験《じゅけん》、学校《がっこう》や塾《じゅく》のことについては、私《わたし》は何《なに》も言《い》えないの。親御《おやご》さんの方針《ほうしん》があるし、子《こ》どもの将来《しょうらい》を考《かんが》えて決《き》めたと言《い》われたら、そうですかと言《い》うしかないわ。」

わたしはまだ、目《め》の前《まえ》で起《お》こったことを信《しん》じられないような気持《きも》ちで、立《た》ちつくしていた。どうしよう……「四羽《わ》の白鳥《はくちょう》」は、四人《にん》そろわなければ踊《おど》れないのに……！

「ふうん……『四羽《わ》の白鳥《はくちょう》』をおびやかす悪魔《あくま》の正体《しょうたい》は、中学受験《ちゅうがくじゅけん》だったってわけだね。」

わたしの話《はなし》を聞《き》いて、シオリンはメガネをカチリと直《なお》した。

「でもそんなのひどい！　せっかくの春休《はるやす》みなんだし、一日《にち》ぐらい春期講習休《しゅんきこうしゅうやす》んだっていいじゃん。青春《せいしゅん》の思《おも》い出《で》は大事《だいじ》よー。」

カナは自分《じぶん》のことのように怒《おこ》って言《い》った。わたしは味方《みかた》ができたような気《き》がして、ちょっとほっとした。

「そうだよね。なんとかして、南《みなみ》に戻《もど》ってきてほしいって思《おも》ってるんだけど、どうしたらいいか……。」

「あたしは、その子《こ》の両親《りょうしん》の考《かんが》えが正《ただ》しいと思《おも》う。」

シオリンが、ぶっきらぼうにわたしの言葉《ことば》をさえぎった。シオリンが誰《だれ》かの言葉《ことば》をさえぎることなんて今《いま》まで一度《いちど》もなかったから、わたしとカナはびっくりして口《くち》をつぐんだ。

「新六年生《しんねんせい》の春期講習《しゅんきこうしゅう》は、これを受《う》けなきゃ受験生失格《じゅけんせいしっかく》っていわれるぐらい大事《だいじ》なものなんだよ。」

シオリンは、ノートやプリントを塾《じゅく》の通学《つうがく》バッグにしまいながら言《い》った。

「バレエは、また受験《じゅけん》が終《お》わってから踊《おど》れるじゃない。」

たしかに、受験勉強《じゅけんべんきょう》は今《いま》しかできない。バレエは受験《じゅけん》が終《お》わってからでもできる。シオリンの言《い》うことは正《ただ》しい。でも、わたしは四人《にん》で踊《おど》る「四羽《わ》の白鳥《はくちょう》」をそんなかんたんにあきらめられない……。

「今《いま》から中学受験《ちゅうがくじゅけん》目指《めざ》すって、その子《こ》が自分《じぶん》で決《き》めたんでしょ？　友達《ともだち》だったら、それを応援《おうえん》するべきじゃないの。」

それだけ言《い》って、シオリンはお先《さき》に、と帰《かえ》ってしまった。学校《がっこう》の帰《かえ》りはまっすぐ、塾《じゅく》の自習室《じしゅうしつ》に向《む》かうのだ。

「こわー、シオリン、受験勉強《じゅけんべんきょう》でストレスたまってんじゃない？」

カナは目《め》をぐるんとまわしてみせた。それから、ちょっと真顔《まがお》になって言《い》った。

「でも、うちら、中学受験《ちゅうがくじゅけん》のこと、なんにもわかってないからね。」

そうだ。公立進学組《こうりつしんがくぐみ》のわたしとカナも、小学校《しょうがっこう》から大学《だいがく》までエスカレーター式《しき》に進学《しんがく》できる私立《しりつ》に入《はい》っている梨央《りお》も、インターナショナルスクールに通《かよ》う杏樹《あんじゅ》も、中学受験《ちゅうがくじゅけん》の大《たい》変《へん》さを知《し》らないんだ。だから、一日《にち》ぐらい塾《じゅく》を休《やす》んだっていいじゃないかなんて甘《あま》い考《かんが》えが出《で》てくるんだ。わたしはなんにもわかってなかったんだ。シオリンの気《き》持《も》ちも、南《みなみ》の気《き》持《も》ちも……。

「はあ……わたしの悩《なや》みなんて、シオリンからしたらノンキな悩《なや》みに見《み》えたんだろうな……。」

「まあなー、悩《なや》みっつーのは人《ひと》それぞれだからなー。」

は!?　顔《かお》を上《あ》げると、そこにいたのはカナではなく、ハルトだった。

「な、何《なに》よ、いきなり！　カナは……？」

わたしがあたりを見《み》まわしながら聞《き》くと、ハルトはあきれたように言《い》った。

「伊藤《いとう》なら、今《いま》、先生《せんせい》に連絡帳渡《れんらくちょうわた》すの忘《わす》れたーって、職員室《しょくいんしつ》行《い》ったじゃんか。聞《き》いてなかったのか？」

「あ……そっか……。」

やだやだ、わたしそこまでぼーっとしてたのか。

「あーあ、似合《にあ》わねえなー、森原《もりはら》にそんな顔《かお》！」

そう言《い》ってハルトは白《しろ》い歯《は》を見《み》せてニカッと笑《わら》った。悩《なや》みなんてなんにもないみたいな笑顔《えがお》を見《み》てたら、無性《むしょう》に腹《はら》が立《た》ってきた。

「ふん、ノーテンキなハルトとちがって、わたしはいろいろ考《かんが》えることがあるんだから！」

すると、ハルトはサッカーボールを指《ゆび》でまわすのにチャレンジしながら言《い》った。

「バーカ、おれだって考《かんが》えてるぜ、いろいろ。」

サッカーボールの指《ゆび》まわしは相変《あいか》わらずあんまりうまくいってないけど、ハルトの言葉《ことば》は引《ひ》っかかった。

「いろいろ？」

「サッカークラブでも、小《しょう》五から塾通《じゅくがよ》い始《はじ》めて練習《れんしゅう》減《へ》らすやつとか、中学受験《ちゅうがくじゅけん》させるからサッカーやめさせるって乗《の》りこんでくる親《おや》とかいて……受験《じゅけん》とスポーツ、どっちを優先《ゆうせん》でいくか、決《き》めなきゃなんないのが今《いま》、なんだってさ。」

受験《じゅけん》とスポーツ、受験《じゅけん》と習《なら》いごと、五年生《ねんせい》のわたしたちは、どちらかを選《えら》ばなきゃならない分《わ》かれ道《みち》に立《た》ってるんだ。

「受験《じゅけん》なんておれには関係《かんけい》ないって思《おも》ってたけど、そうでもねえよな。まわりがどんどん変《か》わってくんだから。」

　ふうん、なんにも考《かんが》えてないみたいに見《み》えるハルトも、意外《いがい》といろんなこと考《かんが》えてるんだなあ。わたしも、しっかりしなきゃ。そう思《おも》ったら少《すこ》し元気《げんき》が出《で》て、わたしは勢《いきお》いよくサブバッグを持《も》ち上《あ》げた。すると、その拍子《ひょうし》に、きれいにラッピングした友《とも》チョコがひと包《つつ》み、どこかから転《ころ》がり出《で》た。

　あれ？　バレンタインデーのとき女子全員《じょしぜんいん》に配《くば》ったはずなのに……まあいいや、元気出《げんきだ》すために自分《じぶん》で食《た》べちゃお！

「もーらい！」

と、ハルトが横《よこ》から、さっとわたしの手《て》の中《なか》のマシュマロチョコを取《と》りあげた。

「あー！　ダメー！」

「あまってたんだからいいだろ？」

「えー？　うん……まあいいけど……。」

「おっしゃ！　ちょうど小腹減《こばらへ》ってたんだよなー。」

ハルトはわたしの友《とも》チョコをポケットに入《い》れて、教室《きょうしつ》を出《で》ていった。入《い》れちがいに戻《もど》ってきたカナが、廊下《ろうか》のほうを振《ふ》り返《かえ》りながら言《い》った。

「何《なに》、ハルト、めっちゃニヤけて出《で》てったんだけど……なんかいいことでもあったのかなー？」

「さあ……食《く》い気《け》が満《み》たされただけじゃない？」

わたしはランドセルをしょって、背筋《せすじ》をピンと伸《の》ばした。シオリンが言《い》ったことも、カナが言《い》ったことも、ハルトが言《い》ったことも……全部《ぜんぶ》ちゃんと考《かんが》えなくちゃいけない。わたしたちの「四羽《わ》の白鳥《はくちょう》」が、これからどこへ飛《と》んでいくのかも。

9 最後《さいご》まであきらめるな

その日《ひ》のレッスンは、南《みなみ》のぶんのバーの場所取《ばしょと》りをして待《ま》ったけど、南《みなみ》は来《こ》なかった。まんなかのピースを一個《こ》なくしてしまったジグソーパズルみたいに、いつまでも南《みなみ》のピンク色《いろ》の場所《ばしょ》だけがぽっかり空《あ》いていた。

「南《みなみ》、このままやめちゃう……なんてことないよね？」

バーレッスンが終《お》わって、移動《いどう》バーをかたづけているとき、杏樹《あんじゅ》がさびしそうにまゆをひそめて言《い》った。そのとき、ハッと去年《きょねん》のことを思《おも》い出《だ》した。梨央《りお》がクララのオーディションに落《お》ちて、そのままレッスンに来《こ》なくなったとき、南《みなみ》が同《おな》じことを言《い》ったのだ。

そんなことない……わたしがそのときと同《おな》じように打《う》ち消《け》そうとしたとき、横《よこ》から梨央《りお》が口《くち》をはさんだ。

「そんなわけないでしょ。南《みなみ》がバレエやめるなんて。」

ちょっときつい口調《くちょう》で言《い》う梨央《りお》も、あのときのわたしと同《おな》じように不安《ふあん》なのだ。ふだんは、「友達《ともだち》を作《つく》りにバレエに来《き》てるわけじゃないから。」なんてクールにしている梨央《りお》だって、どんなときもポジティブ・シンキングの杏樹《あんじゅ》だって、さすがに落《お》ちこんでるんだ。

「パッセからアティテュード……杏樹《あんじゅ》、もっとおなかを引《ひ》き上《あ》げて……梨央《りお》、指先《ゆびさき》までていねいに。」

センターレッスンになっても、南《みなみ》のことは頭《あたま》からはなれなかった。なんとかレッスンに集中《しゅうちゅう》しようとしても、ちょっと油断《ゆだん》すると思《おも》い出《だ》して胸《むね》の奥《おく》が悲《かな》しくなる。先生《せんせい》がグラ

めいのバレエ教室《きょうしつ》⑥

レッスンの仕上《しあ》げ「グラン・ワルツ」

レッスンの最後《さいご》に、おもに3拍子《びょうし》の音楽《おんがく》を使《つか》い、いくつかのパ（ステップ）を組《く》み合《あ》わせて、最後《さいご》は大《おお》きなジャンプを入《い》れ、ひと続《つづ》きの踊《おど》りとして練習《れんしゅう》します。これを「グラン・ワルツ」といいます。流《なが》れるように踊《おど》りたいけど、ひとつひとつのパをいいかげんにすると、千鶴先生《ちづるせんせい》の声《こえ》が飛《と》んできそう。「こらーっ、森原《もりはら》めいーっ！」

（めい）

ン・ワルツの順番《じゅんばん》をやって見《み》せているときも、ついぼうっと考《かんが》えごとをしてしまった。

「はい、コーナーからふたり組《ぐみ》でね。」

ああ、今日《きょう》はふたり組《ぐみ》のジャンプや回転《かいてん》ものがなければいいと思《おも》っていたのに。初等科《しょとうか》のときからずっとペアを組《く》んでいる南《みなみ》がいないことをまた思《おも》い知《し》らされる。まず梨央《りお》と杏樹《じゅ》が出《で》て、次《つぎ》にわたしの番《ばん》。ええと、最初《さいしょ》はアラベスクのソテ、グリッサード、グラン・パ・ド・シャ……そのあとはたしか、アラベスク……!?

あちゃー、まちがえた！　もう一回《かい》グリッサード、グラン・パ・ド・シャをくり返《かえ》すんだった。なんとかうまくつないだつもりだけど、きっと千鶴先生《ちづるせんせい》の目《め》はごまかせない。また千鶴先生《ちづるせんせい》に、「森原《もりはら》めい――っ！」ってどなられちゃう……！

「めい、ちゃんと順番覚《じゅんばんおぼ》えてよ……ジャンプおりたときのプリエ、もっとやわらかく。」

あれ？　いつもだったらこんなんじゃすまないのに。もしかしたら千鶴先生《ちづるせんせい》も、ちょっと元気《げんき》がないのかも!?

レッスンが終《お》わったとき、ちょうどスタジオのドアが開《あ》いて、さやかちゃんが私服《しふく》のまま入《はい》ってきた。なんかいつもと雰囲気《ふんいき》がちがう。うつむきかげんの顔《かお》を見《み》ると、ちょっと目《め》がはれているみたい。どうしたんだろう……。

「さやかちゃん、コンクール、十位入賞《いにゅうしょう》できなかったんだって。」

梨央《りお》がわたしの耳元《みみもと》で、小《ちい》さな声《こえ》で言《い》った。あんなにうまいさやかちゃんの黒鳥《こくちょう》が入賞《にゅうしょう》できないなんて信《しん》じられない。コンクール前《まえ》の練習《れんしゅう》だって、ものすごく一生懸命《いっしょうけんめい》がんばっていたのに。

「上《うえ》には上《うえ》がいるんだよね。」

梨央《りお》が大人《おとな》っぽい口調《くちょう》で言《い》った。梨央《りお》も、前《まえ》に全国《ぜんこく》コンクールに出《で》たとき、いろんなことを感《かん》じたのかも。わたしはまだ出《で》たことがないからわからないけど、全国《ぜんこく》コンクールって、上手《じょうず》な人《ひと》がどれだけたくさんいるんだろう。

「今回《こんかい》は残念《ざんねん》だったけど、あなたならまたチャンスがあるわ。」

千鶴先生《ちづるせんせい》がさやかちゃんと話《はな》しているのが聞《き》こえる。先生《せんせい》の言葉《ことば》に、さやかちゃんは涙《なみだ》ぐんでいる。いつもさわやかな笑顔《えがお》を忘《わす》れないさやかちゃんのあんなつらそうな顔《かお》、はじめて見《み》た。

がんばったからって、かならず結果《けっか》が出《で》るとはかぎらない。どんなに一生懸命練習《いっしょうけんめいれんしゅう》したかなんて関係《かんけい》ない。本番《ほんばん》は一度《ど》きり、そこでベストを尽《つ》くせなければ終《お》わり……ベストを尽《つ》くしたってダメなときもある。バレエの世界《せかい》は、本当《ほんとう》にきびしい世界《せかい》なんだ。

「南《みなみ》が出《で》られなくなったのは残念《ざんねん》だけど、次《つぎ》の手《て》を考《かんが》えなくちゃね。」

さやかちゃんが着替《きが》えに行《い》ったあと、千鶴先生《ちづるせんせい》はわたしたち三人《にん》を呼《よ》びよせて、めずらしくため息《いき》をひとつついた。

「めい、梨央《りお》、杏樹《あんじゅ》、あなたたちに決《き》めてほしいの。三人《にん》でちがう演目《えんもく》をやるか、誰《だれ》か代《か》わりの人《ひと》を入《い》れて『四羽《わ》の白鳥《はくちょう》』を踊《おど》るか、どちらがいい？」

千鶴先生《ちづるせんせい》の出《だ》した提案《ていあん》に、わたしたちは顔《かお》を見合《みあ》わせた。南《みなみ》が出《で》られなくなったことを、まだどこかで信《しん》じたくなくて、先《さき》のことなんてぜんぜん考《かんが》えていなかった。

「ワタシは三人《にん》で、新《あたら》しい踊《おど》りをやりたい。」

まず口《くち》を開《ひら》いたのは杏樹《あんじゅ》だった。いつも前向《まえむ》きで、柔軟《じゅうなん》な考《かんが》え方《かた》のできる杏樹《あんじゅ》らしい。

「そうねえ、フェスティバルまでまだ一か月《げつ》ちょっとあるから、新《あたら》しい演目《えんもく》を準備《じゅんび》することはできると思《おも》うわ。」

千鶴先生《ちづるせんせい》が言《い》うと、今度《こんど》は梨央《りお》が言《い》った。

「せっかくここまで練習《れんしゅう》してきたから……やっぱり『四羽《わ》』を踊《おど》りたいです。」

梨央《りお》の言葉《ことば》には、ここまで来《き》てちがう演目《えんもく》を踊《おど》るなんてぜったいイヤだという強《つよ》い意志《いし》が感《かん》じられた。これも、勝《か》ち気《き》な梨央《りお》らしい。

「そう、ほかの生徒《せいと》を入《い》れて『四羽《わ》』を続《つづ》けるというのもひとつね。めいはどう思《おも》う？」

千鶴先生《ちづるせんせい》に聞《き》かれて、梨央《りお》と杏樹《あんじゅ》の視線《しせん》がわたしに集《あつ》まった。どうしよう……なんて答《こた》えたらいいんだろう。わたしは下《した》を向《む》いてだまってしまった。こういうところ、子《こ》どもっぽくて本当《ほんとう》にイヤなんだけど。

「早《はや》くどうするか決《き》めないと、フェスティバルに間《ま》に合《あ》わなくなるわよ。」

だまっているわたしの顔《かお》をのぞきこむようにして、千鶴先生《ちづるせんせい》が言《い》った。そんなこと言《い》われたって……早《はや》くなんて決《き》められない。だってわたしは、梨央《りお》と杏樹《あんじゅ》、どっちの意見《いけん》にも賛成《さんせい》できない……。

「もう少《すこ》しだけ……次《つぎ》のレッスンまで待《ま》ってください。」

わたしはなんとかそれだけ言《い》って、逃《に》げるようにスタジオを出《で》た。梨央《りお》も杏樹《あんじゅ》も、なかなか決《き》められないわたしにイライラしたりガッカリしたりしていると思《おも》ったけど、どうしようもなかった。

無理《むり》だってわかってても、わたしは、南《みなみ》、梨央《りお》、杏樹《あんじゅ》と四人《にん》で「四羽《わ》の白鳥《はくちょう》」を踊《おど》りたい。どうしても、この四人《にん》じゃなきゃダメなんだ。

帰《かえ》り道《みち》、いつものように自転車《じてんしゃ》を飛《と》ばして、まっしぐらに家《いえ》に帰《かえ》る気《き》にはなれなかった。三年生《ねんせい》のときに買《か》ってもらって、もう、ちょっと小《ちい》さくなってしまった自転車《じてんしゃ》をのろのろと押《お》しながら歩《ある》く。

梨央《りお》と杏樹《あんじゅ》は、新《あたら》しい演目《えんもく》や、新《あたら》しいメンバーでの「四羽《わ》」に気持《きも》ちを切《き》り替《か》えている。南《みなみ》は、自分《じぶん》で中学受験《ちゅうがくじゅけん》することを決《き》めて、そこに向《む》かって努力《どりょく》を始《はじ》めている。なのにわたしだけが、どこにも行《い》けずに同《おな》じところをぐるぐるまわっているみたい。

ほんのちょっと前《まえ》まで、四人《にん》で同《おな》じ道《みち》を歩《ある》いていると思《おも》ってたのに、今《いま》はそれぞれ別《べつ》の方向《ほうこう》を見《み》つめているんだ。わたしは急《きゅう》にひとりぼっちになってしまったような気《き》がした。

ぽつぽつ、冷《つめ》たい小雨《こさめ》がふりはじめた緑道《りょくどう》を歩《ある》きながら、カゴにのせたバレエ用《よう》バッグが雨《あめ》にぬれないように、中《なか》からタオルを出《だ》して上《うえ》にかぶせた。南《みなみ》とおそろいの、デニム生《き》地《じ》のバッグ。去年《きょねん》の冬休《ふゆやす》み、南《みなみ》とふたりでお年玉《としだま》を持《も》っていっしょに買《か》いに行《い》った。そのあと、南《みなみ》の家《いえ》にはじめてお泊《と》まりに行《い》って、夜遅《よるおそ》くまでおしゃべりしたり、トランプ占《うらな》いをしたりして、南《みなみ》のママに怒《おこ》られたっけ。

そんなことを考《かんが》えながら歩《ある》いていたら、いつの間《ま》にか南《みなみ》の家《いえ》の前《まえ》に来《き》ていた。南《みなみ》、何《なに》してるかな……勉強《べんきょう》してるのかな……。すると、ガチャッと音《おと》がして、玄関《げんかん》のドアが開《あ》いた。ドキッ！　ちょうど買《か》い物《もの》か何《なに》かに出《で》てきた南《みなみ》のママと目《め》が合《あ》った。

「めいちゃん!?　どうしたの？」

わたしはちょっと気《き》まずくなって、こんばんは、と小《ちい》さく言《い》った。

「南《みなみ》、塾《じゅく》の組分《くみわ》けテストがあって、まだ帰《かえ》ってないのよ。バレエの日《ひ》だったんだけど、今日《きょう》しかなくて。」

「そうですか……。」

よかった、このままやめちゃうってわけじゃないんだ。

「バレエフェスティバルのこと……ごめんね。めいちゃんにも迷惑《めいわく》かけちゃって。」

南《みなみ》のママが言《い》った。わたしは何《なに》も言葉《ことば》が出《で》てこなくて、首《くび》を横《よこ》に振《ふ》った。

「雨《あめ》もふってきたし、早《はや》く帰《かえ》らないと。傘《かさ》を持《も》っていく？」

わたしはまた首《くび》を横《よこ》に振《ふ》ったけど、足《あし》はかたまったようにそこから動《うご》かない。うわ……

これじゃヘンな子《こ》みたい。南《みなみ》のママも困《こま》ってる。何《なに》か言《い》わなきゃ……！

「あの……お願《ねが》いがあります。」

南《みなみ》のママはやさしそうな目《め》をちょっと見開《みひら》いた。

「どうしても南《みなみ》といっしょに『四羽《わ》の白鳥《はくちょう》』を踊《おど》りたいんです。南《みなみ》がバレエフェスティバルに出《で》ることを許《ゆる》してください！」

一気《いっき》にそう言《い》って、夢中《むちゅう》で頭《あたま》を下《さ》げた。ああ、こんなこと言《い》ったら、南《みなみ》のママをもっと困《こま》らせちゃうのに。

「めいちゃん、ありがとうね。」

南《みなみ》のママのやさしい声《こえ》が聞《き》こえて、わたしは顔《かお》を上《あ》げた。

「南《みなみ》のこと、そんなに真剣《しんけん》に考《かんが》えてくれて。めいちゃんは南《みなみ》の親友《しんゆう》だもんね。」

でもわたしは本当《ほんとう》に南《みなみ》のことを考《かんが》えてるんだろうか。ただ、自分《じぶん》が南《みなみ》といっしょにいたいから、ただ、自分《じぶん》がさびしいから、南《みなみ》を元《もと》の道《みち》に引《ひ》き戻《もど》そうとしているだけなのかもしれない。

「めいちゃんの気持《きも》ちはうれしいけど……家族《かぞく》で決《き》めたことだから。ごめんね。」

はい、と答《こた》えたつもりだったけど、ちゃんと言葉《ことば》になっていたかはわからない。わたしはもう一度《いちど》南《みなみ》のママに頭《あたま》を下《さ》げて、自転車《じてんしゃ》に乗《の》って、夢中《むちゅう》でペダルをこいだ。大《だい》っきらい、今《いま》の自分《じぶん》。自分勝手《じぶんかって》で、ワガママで、優柔不断《ゆうじゅうふだん》で、うじうじしてて、人《ひと》さわがせで、大《だい》っきらい！

目《め》の前《まえ》の雨《あめ》のつぶが、気《き》づいたら雪《ゆき》に変《か》わってた。自分《じぶん》もこの粉雪《こなゆき》の一《ひと》つぶになって消《き》えてしまいたい……！

キキーッ！

急《きゅう》に前《まえ》に立《た》ちはだかった黒《くろ》い影《かげ》をさけようと、わたしはあわてて急《きゅう》ブレーキをかけた。

「あっぶねーなー、どこに目《め》えつけてんだ!?」

「すいません……！」

ん？　この声《こえ》……わたしはぺこっと下《さ》げた頭《あたま》を、おそるおそる上《あ》げた。

「くっらーい顔《かお》して、何《なに》やってんだ、おまえ。」

いつもの大《おお》きな黒《くろ》いスポーツバッグを肩《かた》にかけて、透《とおる》くんが立《た》っていた。

「レッスン、こんな遅《おそ》くまでやってんのか？　ああ、『四羽《わ》のアヒル』か。」

透《とおる》くんが口《くち》をひんまげてイジワルに笑《わら》っても、言《い》い返《かえ》す元気《げんき》もない。

「『四羽《わ》』の練習《れんしゅう》はもうないんです。南《みなみ》が、バレエフェスティバル出《で》られなくなっちゃったから……。」

「へえ？　それで死《し》にそうな顔《かお》してんのか。わっかりやすー。」

まったくもう、人《ひと》が弱《よわ》っているときに、さらに傷口《きずぐち》に塩《しお》をぬってくるんだから。わたしがかまわず、自転車《じてんしゃ》を走《はし》らせようとすると、透《とおる》くんの手《て》がガッとハンドルをつかんだ。

「雪《ゆき》ですべるとあぶねえだろ、押《お》していけ。」

そのまま、透《とおる》くんはわたしの小《ちい》さな自転車《じてんしゃ》を勝手《かって》にぐいぐい押《お》していった。ふん、このぐらい大丈夫《だいじょうぶ》だもん、と思《おも》ったけど、透《とおる》くんのこわい顔《かお》を見《み》て仕方《しかた》なく、わたしは自転車《じてんしゃ》の横《よこ》を歩《ある》きだした。

「で、どうすんだよ。フェスに穴開《あなあ》けるわけにいかねえだろ。」

わたしは、千鶴先生《ちづるせんせい》に言《い》われたふたつの道《みち》……三人《にん》で新《あたら》しい演目《えんもく》を踊《おど》るか、新《あたら》しい人《ひと》を入《い》れて「四羽《わ》」を続《つづ》けるか、どちらかを選《えら》ばなくてはいけないことを話《はな》した。

「わたしはどっちもイヤで……だけどどうしようもなくて……。」

「ちがう道《みち》もあるんじゃねーの？」

透《とおる》くんはそう言《い》って、空《そら》を見上《みあ》げた。雪《ゆき》はさらにはっきりと、あとからあとから舞《ま》い落《お》ちてくる。

「最後《さいご》まであきらめるな。」

透《とおる》くんは空《そら》を見上《みあ》げたまま、言《い》った。雪《ゆき》がふるなか、ふたりきりで自転車《じてんしゃ》をはさんで歩《ある》いているなんて、物語《ものがたり》のなかに出《で》てきたら、ちょっとロマンティックな場面《ばめん》かと思《おも》うけど、実際《じっさい》は寒《さむ》くて、手袋《てぶくろ》を忘《わす》れた手《て》がガチガチにかじかんで、涙《なみだ》といっしょに鼻水《はなみず》も出《で》てきそうで、ぜんぜんロマンティックなんかじゃない。

「でも、もう時間《じかん》がない……時間切《じかんぎ》れなんです。」

わたしは泣《な》かないように、歯《は》をぐっとかみしめた。

「時間切《じかんぎ》れなんてねえんだよ。練習《れんしゅう》だって、なんだって、時間切《じかんぎ》れじゃなくて、あきらめたときに終《お》わるんだ。」

強《つよ》い口調《くちょう》で言《い》った透《とおる》くんの横顔《よこがお》は、いつもよりずっと大人《おとな》っぽく見《み》えた。そのとき透《とおる》くんが急《きゅう》にこっちを見《み》たので、わたしはドキッとして前《まえ》を向《む》いた。

「あーそういえば……チョコレート、食《く》ったよ。」

「え!?」

「けっこううまかった。見《み》た目《め》はひどかったけどなー。」

カナの作《つく》ったブラウニー、透《とおる》くんは食《た》べたんだ。甘《あま》いもの食《た》べないって言《い》ってたのに。

そうだ、はっきりさせなくちゃ！

「あの、あのチョコはわたしじゃなくて……。」

「わかってるよ。おまえの友達《ともだち》からだろ？　その子《こ》に言《い》っといて……今度《こんど》はもうちょい、砂糖《さとう》ひかえめで、って。」

なんだ、わたしからじゃなくて友達《ともだち》からって、ちゃんとわかってたんだ。ほっとしたような、拍子抜《ひょうしぬ》けしたような、ちょっとさびしい気持《きも》ち……なんで？　ほっとするだけでいいはずなのに。

「気《き》をつけて帰《かえ》れよ。すっ転《ころ》んでケガしたら踊《おど》れないからな。」

分《わ》かれ道《みち》に来《き》て、透《とおる》くんは自転車《じてんしゃ》のハンドルをわたしに返《かえ》すと、さっさと早足《はやあし》で歩《ある》いていった。わたしは急《きゅう》に重《おも》くなったように感《かん》じる自転車《じてんしゃ》を押《お》して歩《ある》きながら思《おも》った。ちがう道《みち》もある。どんなことも、時間切《じかんぎ》れじゃなく、あきらめたときに終《お》わる。透《とおる》くんの言《い》うとおりかもしれない。わたしも、ぎりぎりまであきらめないで、ちゃんと自分《じぶん》の道《みち》を選《えら》んでいこう。

「めい。あなたの考《かんが》えは決《き》まったかしら。」
レッスンが終《お》わって、わたしは千鶴先生《ちづるせんせい》の前《まえ》に立《た》った。
「はい。」
梨央《りお》と杏樹《あんじゅ》は、クールダウンのストレッチをしながら、わたしの答《こた》えに耳《みみ》をすましているのがわかる。わたしは一度《いちど》ふうっと息《いき》を吐《は》き出《だ》してから言《い》った。

「わたしは……バレエフェスティバルには出《で》ません。」

千鶴先生《ちづるせんせい》は、何《なに》も言《い》わずにわたしの顔《かお》をまっすぐに見《み》つめた。

「わたしがいなくても……梨央《りお》と杏樹《あんじゅ》だったら、ふたりで何《なに》かすてきな演目《えんもく》が踊《おど》れると思《おも》います。」

梨央《りお》と杏樹《あんじゅ》はおどろいた顔《かお》で動《うご》きを止《と》め、こっちの様子《ようす》をうかがっている。

「そう……理由《りゆう》を聞《き》かせてくれる？」

千鶴先生《ちづるせんせい》はやさしいほほえみを浮《う》かべて言《い》った。わたしはうなずいて、答《こた》えた。

「南《みなみ》が出《で》ないなら、わたしも出《で》ないって、決《き》めたんです。」

もう迷《まよ》いはなかった。本当《ほんとう》にギリギリまで、あきらめずに考《かんが》えて出《だ》した答《こた》えだったから。

「南《みなみ》とは、六歳《さい》でバレエを始《はじ》めてからずっと、いっしょにがんばってきて……どんなときも大好《だいす》きなバレエをいちばんに考《かんが》えていた南《みなみ》が、『四羽《わ》』から抜《ぬ》けるのは、どれだけつらかったかって思《おも》って。」

トウシューズの練習《れんしゅう》で足《あし》が痛《いた》くてくじけそうになったときも、毎回毎回同《まいかいまいかいおな》じことのくり返《かえ》しで、バレエにあきあきするような気持《きも》ちになったときも、いつも南《みなみ》とふたりではげましあって、笑《わら》いあって、乗《の》り越《こ》えてきた。南《みなみ》がいなかったら、わたしはここまでバレエを続《つづ》けてこられなかったかもしれない。

「だから、ほかの人《ひと》と『四羽《わ》の白鳥《はくちょう》』は踊《おど》れないし……南《みなみ》なしでちがう演目《えんもく》を踊《おど》ることも、わたしには考《かんが》えられません！」

そこまで言《い》ったらすっきりして、わたしの心《こころ》は急《きゅう》に軽《かる》くなった。バレエフェスティバルに出《で》ないって決《き》めるまでには、ずいぶん時間《じかん》がかかったけど、自分《じぶん》で納得《なっとく》がいかないまま踊《おど》っても、きっといい踊《おど》りにならないから。

そのとき、千鶴先生《ちづるせんせい》の目線《めせん》が微妙《びみょう》にわたしの後《うし》ろのほうに泳《およ》いでいることに気《き》づいた。

ん？　誰《だれ》かいるの……？

「めい……！」

その声《こえ》と同時《どうじ》に振《ふ》り返《かえ》ったとき、わたしは息《いき》が止《と》まるほどびっくりした。

「南《みなみ》……!?」

そこには、目《め》を涙《なみだ》でうるませた、南《みなみ》が立《た》っていた。

「めい……うちのために、ごめん。」

げ……もしかして南《みなみ》、今《いま》のわたしの話《はなし》、聞《き》いてた……!?　うそ……本人《ほんにん》の前《まえ》であんなこと、恥《は》ずかしくて穴《あな》があったら入《はい》りたいくらい！

「それから……ありがとう。めいの気持《きも》ち、すっごくうれしいよ。」

南《みなみ》はわたしにかけよって、両手《りょうて》でぎゅっとわたしの手《て》をにぎった。梨央《りお》と杏樹《あんじゅ》もこっちに歩《ある》いてきて、わたしたちは四人《にん》で顔《かお》を見合《みあ》わせた。なんだか、四人《にん》そろうのが、とても久《ひさ》しぶりみたいな気《き》がする。

「いろいろとご迷惑《めいわく》をおかけしてしまったので、今日《きょう》は娘《むすめ》とごあいさつにうかがいました。」

南《みなみ》のママもあとからスタジオに入《はい》ってきて、千鶴先生《ちづるせんせい》に頭《あたま》を下《さ》げた。

「バレエフェスティバルのこと、本当《ほんとう》に申《もう》し訳《わけ》ありません。」

「いいえ、勉強《べんきょう》とバレエの両立《りょうりつ》は、とても大事《だいじ》なことですから。」

「ご迷惑《めいわく》ついでに……ひとつ、お願《ねが》いしてもよろしいでしょうか。」

千鶴先生《ちづるせんせい》も、わたしも、梨央《りお》と杏樹《あんじゅ》も、そして南《みなみ》も、南《みなみ》のママが何《なに》をお願《ねが》いするのか、想像《そうぞう》もつかなかった。

「よかったら……私《わたし》に『四羽《わ》の白鳥《はくちょう》』を見《み》せていただけませんか？」

10 どうしよう！　できないのはわたしだけ!?

千鶴先生《ちづるせんせい》が、正面《しょうめん》の鏡《かがみ》の前《まえ》にいすをひとつ置《お》いた。

「大和田《おおわだ》さん、どうぞ。ここがいちばんよく見《み》える特等席《とくとうせき》ですから。」

南《みなみ》のママが、ちょっと恐縮《きょうしゅく》しながらそのいすに座《すわ》った。

「あー緊張《きんちょう》しちゃう。ごめんね、ママが急《きゅう》にあんなこと言《い》いだして。」

あわててウォーミングアップして、トウシューズを履《は》いた南《みなみ》が言《い》った。

「ううん、また四人《にん》で『四羽《わ》』踊《おど》れるなんて思《おも》ってなかったから、すっごくうれしいよ。」

わたしが言《い》うと、梨央《りお》と杏樹《あんじゅ》もうなずいた。

「ほんと？　実《じつ》はうちも、もう一回踊《かいおど》れてうれしいの。」

南《みなみ》がちろっと舌《した》を出《だ》して言《い》った。

「この間先生《あいだせんせい》に注意《ちゅうい》されたこと、ちゃんと気《き》をつけてやろう。」

「オーマイガッ！　ワタシ全部《ぜんぶ》覚《おぼ》えてるかな。」

梨央《りお》に言《い》われて杏樹《あんじゅ》が頭《あたま》を抱《かか》えた。その様子《ようす》に、わたしは南《みなみ》と顔《かお》を見合《みあ》わせて笑《わら》った。

「平気《へいき》、平気《へいき》、うちらどうせ、『四羽《わ》のニワトリ』だから！」

そう言《い》って南《みなみ》は唇《くちびる》とほっぺたをキューッとすぼめて鳥《とり》のクチバシみたいにしてみせた。もう、緊張《きんちょう》しちゃうとかいって、いちばんリラックスしてるの南《みなみ》じゃない。

そう、南《みなみ》って、発表会《はっぴょうかい》のときもよく、メイクした顔《かお》でヘン顔《がお》して友達《ともだち》を笑《わら》わせてた。本番前《ほんばんまえ》にふざけて……なんて思《おも》ったこともあったけど、そうやって緊張《きんちょう》してる友達《ともだち》をリラックスさせてたんだ。それが南《みなみ》なりの思《おも》いやりなんだって、今《いま》ならわかる。

「はい、今日《きょう》はレヴェランス、最後《さいご》のおじぎと、引《ひ》っこむところまでしっかりやってね。」

千鶴先生《ちづるせんせい》が、CD《シーディー》のところからこっちを見《み》て言《い》った。わたしたちは四人《にん》でうなずきあって、順番《じゅんばん》に並《なら》んで手《て》を広《ひろ》げた。四人《にん》で手《て》をつないだ瞬間《しゅんかん》、喜《よろこ》びが胸《むね》の奥《おく》からわきあがってきた。もう踊《おど》れないと思《おも》っていた「四羽《わ》」を、もう一度《いちど》踊《おど》れるんだ。わたし、南《みなみ》、梨央《りお》、杏樹《あんじゅ》の四人《にん》で踊《おど》る、最後《さいご》の「四羽《わ》の白鳥《はくちょう》」を。

右脚《みぎあし》から一、二、三、四、五歩《ほ》めで左脚《ひだりあし》を後《うし》ろに出《だ》す。最初《さいしょ》のポーズをとるとすぐ曲《きょく》がかかり、わたしたちは踊《おど》り始《はじ》めた。ちゃんと腕《うで》を張《は》って、上半身《じょうはんしん》がぐにゃぐにゃしないように、首《くび》が前《まえ》に出《で》ないように。もう千鶴先生《ちづるせんせい》にニワトリなんて言《い》われないように……！
鏡《かがみ》の前《まえ》に座《すわ》った南《みなみ》のママは、少《すこ》し前《まえ》に身《み》を乗《の》り出《だ》すような姿勢《しせい》で、わたしたちを目《め》で追《お》っている。最初《さいしょ》はいつも千鶴先生《ちづるせんせい》のいる場所《ばしょ》に南《みなみ》のママがいるのがヘンな感《かん》じがしたけど、すぐに気《き》にならなくなった。踊《おど》っているうちに、次《つぎ》から次《つぎ》へと先生《せんせい》の注意《ちゅうい》が頭《あたま》に浮《う》かんでくる。

アントルシャ・カトル、パッセ、エシャッペは一回《かい》一回《かい》五番《ばん》ポジションに戻《もど》る。シャッセ、アラベスクは、一番《ばん》ポジションを通《とお》って、ちゃんとななめに体《からだ》の角度《かくど》をつける。パ・ド・シャはおなかを引《ひ》き上《あ》げて小気味《こきみ》よく跳《と》ぶ。ドゥミ・アティテュードのアンボアテは、速《はや》くてもしっかり脚《あし》を上《あ》げて甲《こう》を伸《の》ばす……。

ああ、ほかにもいっぱい、注意点《ちゅういてん》があったのに、曲《きょく》はどんどん進《すす》んでしまう。いろんなことに気《き》をつけてていねいにやろうとすれば音《おと》に遅《おく》れそうになるし、音《おと》に合《あ》わせようとすると、ひとつひとつのパが雑《ざつ》になる。どっちもバランスよくできればいいのに、わたしなんかにはむずかしすぎてとても理想《りそう》には程遠《ほどとお》い。でも……わたしはやっぱりこの「四羽《わ》の白鳥《はくちょう》」の踊《おど》りが大好《だいす》き！

あっという間《ま》に、ピケのパッセ八回《かい》でセンターに戻《もど》るところ。ラスト前《まえ》のアンボアテ十六回《かい》は、いつも疲《つか》れて甲《こう》がブラブラになっちゃうから、必死《ひっし》で足《あし》を上《あ》げて、甲《こう》をギュッと伸《の》ばした。だって、これで最後《さいご》だから……あとで、もっとがんばれたのになんて思《おも》いたくないから。

つないでいた手《て》をはなして、アラベスク、アロンジェから膝《ひざ》をついたラストポーズを決《き》める。と、同時《どうじ》に南《みなみ》のママが拍手《はくしゅ》をしてくれた。やった！　どれぐらいうまくできたかわからないけど、とりあえず転《ころ》んだりまちがえたりしなくてよかった。

「めい、レヴェランス。」

耳元《みみもと》で小《ちい》さく、南《みなみ》の声《こえ》がした。あ、そうだ、今日《きょう》はレヴェランスまでやるんだった、すっかり忘《わす》れてた！

立《た》ち上《あ》がるのと同時《どうじ》に、胸《むね》の前《まえ》でクロスした手《て》を広《ひろ》げ、後《うし》ろの右足《みぎあし》を前《まえ》に出《だ》して一歩《ぽ》、二歩《ほ》、三歩《ぽ》めで五番《ばん》にして、右脚《みぎあし》を横《よこ》にタンデュしておじぎをする。おじぎを終《お》えたら、ソテで下手《しもて》に走《はし》っていく。

「みんな、とっても上手《じょうず》だった！　びっくりしたわ。」

南《みなみ》のママは立《た》ち上《あ》がって、わたしたちのほうに向《む》けてもう一度《いちど》拍手《はくしゅ》をした。南《みなみ》が照《て》れたように笑《わら》って、わたしたちもほっとして笑《わら》った。

「ありがとうございました。」

南《みなみ》のママは、千鶴先生《ちづるせんせい》の前《まえ》に来《き》て、ていねいに頭《あたま》を下《さ》げた。すると千鶴先生《ちづるせんせい》は首《くび》を横《よこ》に振《ふ》って言《い》った。

「いいえ、お礼《れい》を言《い》いたいのはこちらのほうです。たとえたったひとりでも、お客様《きゃくさま》の前《まえ》で踊《おど》るというのは、あの子《こ》たちにとって貴重《きちょう》な経験《けいけん》なんです。」

千鶴先生《ちづるせんせい》はわたしたちのほうをちらっと見《み》て、それから静《しず》かに続《つづ》けた。

「大《おお》きなホールで、大勢《おおぜい》のお客様《きゃくさま》に観《み》てもらって、たくさんの拍手《はくしゅ》をもらうのも、もちろんいい経験《けいけん》。でも今日《きょう》、こうしてたったひとりの拍手《はくしゅ》をもらったことを、あの子《こ》たちは忘《わす》れないでしょう。」

千鶴先生《ちづるせんせい》の言葉《ことば》に、南《みなみ》のママはもう一度《いちど》頭《あたま》を下《さ》げた。本当《ほんとう》に先生《せんせい》の言《い》うとおりだ。今日《きょう》ここで、南《みなみ》のママの前《まえ》で「四羽《わ》」を踊《おど》れたこと……わたしはきっと忘《わす》れない。

「今《いま》、娘《むすめ》の踊《おど》りを見《み》ていて、心《こころ》が決《き》まりました。」

顔《かお》を上《あ》げて、南《みなみ》のママが言《い》った。心《こころ》が決《き》まったって、どういうこと？

「娘《むすめ》がバレエを通《とお》していろんなことを学《まな》んで成長《せいちょう》しているんだと、よくわかりました。受《じゅ》験《けん》も大事《だいじ》なことだけど、バレエを一生懸命《いっしょうけんめい》がんばること、最後《さいご》まであきらめないでやりとげること……それも、同《おな》じように大事《だいじ》なことなんですね。」

そして、南《みなみ》のママは、千鶴先生《ちづるせんせい》にもう一度《いちど》深《ふか》く頭《あたま》を下《さ》げた。

「千鶴先生《ちづるせんせい》、うちの南《みなみ》を、バレエフェスティバルに出演《しゅつえん》させてください。よろしくお願《ねが》いします。」

え⁉　わたしたちはびっくりして顔《かお》を見合《みあ》わせた。南《みなみ》も、何《なに》がなんだかわからないいま、ママのところにかけよって言《い》った。

「ママ……それって、バレエフェスティバルに出《で》ていいってこと？」

南《みなみ》のママは、にっこり笑《わら》ってうなずいた。そして、わたしたちのほうを見《み》て言《い》った。

「四人《にん》で力《ちから》を合《あ》わせてがんばった経験《けいけん》があれば、きっと受験勉強《じゅけんべんきょう》もがんばれるでしょう。」

うそ……ほんとに⁉　ううん、ダメ、まだぜんぜん信《しん》じられなくて、わたしの口《くち》はあんぐり開《あ》いたままだ。

「でも、本番《ほんばん》の日《ひ》は塾《じゅく》の学力判定《がくりょくはんてい》テストが……。」

南《みなみ》が言《い》うと、ママは明《あか》るくさえぎるように言《い》った。

「大丈夫《だいじょうぶ》、テストを別《べつ》の日《ひ》に振《ふ》り替《か》えてもらうように頼《たの》んでみるから。」

そして、南《みなみ》のほうにちょっとより目《め》みたいなヘン顔《がお》をしてみせた。わあ、南《みなみ》がよくするヘン顔《がお》とソックリ！　さすが親子《おやこ》……と思《おも》ったら、そのとたん、南《みなみ》の顔《かお》がみるみるゆがんで泣《な》くのをがまんする顔《かお》になった。

「ママ、ありがとう……うち、がんばるよ！　ちゃんと勉強《べんきょう》とバレエを両立《りょうりつ》させる。」

南《みなみ》がママに約束《やくそく》するのが聞《き》こえた。先生《せんせい》にあいさつしてスタジオを出《で》ていくママを見送《みおく》ると、南《みなみ》はこっちを振《ふ》り返《かえ》って、思《おも》いっきりの笑顔《えがお》でわたしたちのところに走《はし》ってきた。

「やったあ！」

わたしたちは手《て》を取《と》りあって、うれしくてピョンピョン跳《と》びはねた。ああ、うれしい、うれしい！　こんなうれしいことって、ほかにある？　ううん、あるわけない。だって、この四人《にん》で「四羽《わ》の白鳥《はくちょう》」を踊《おど》れるんだもの！

「そうと決《き》まったら……はい、もう一回《かい》！」

いつまでもはしゃいでいるわたしたちに、千鶴先生《ちづるせんせい》が手《て》をパン、パンとたたいた。先生《せんせい》の顔《かお》が、もうすっかりいつものレッスンのときの顔《かお》に戻《もど》っている。

「顔《かお》の角度《かくど》も脚《あし》の高《たか》さも、ぜんぜんそろってないんだから。本番《ほんばん》まで、まだ一か月《げつ》もある、なんて思《おも》ったら大《おお》まちがい。もう一か月《げつ》しかないのよ。」

「はい！」

わたしたちは元気《げんき》よく返事《へんじ》をして、上手《かみて》のコーナーで最初《さいしょ》の位置《いち》にスタンバイした。

さっきは最後《さいご》だと思《おも》って踊《おど》った「四羽《わ》」……ここからがまたスタートだ。なんだかまだ夢《ゆめ》を見《み》てるみたい。曲《きょく》がかかって踊《おど》り始《はじ》めると、すぐに千鶴先生《ちづるせんせい》のきびしい声《こえ》が飛《と》んできた。

「めい、ぜんぜん甲《こう》が伸《の》びてない！　またつま先《さき》がトンカチみたいになってる！　何度《なんど》言《い》ったらわかるの!?　森原《もりはら》めい――！」

あちゃー、浮《う》かれてたら、気《き》をつけることをすっかり忘《わす》れて、またフルネームでどなられちゃった！　でも……千鶴先生《ちづるせんせい》にどなられるのがこんなにうれしいなんて、わたしってどうかしてる!?

それからのわたしたちは、本当《ほんとう》に一生懸命《いっしょうけんめい》練習《れんしゅう》した。レッスンのあと、「四羽《わ》」を練習《れんしゅう》できる時間《じかん》はかぎられているから、短《みじか》い間《あいだ》でも集中《しゅうちゅう》して、先生《せんせい》の注意《ちゅうい》もよく聞《き》いた。もちろん、南《みなみ》は週《しゅう》三回《かい》の塾《じゅく》に通《かよ》いながらがんばった。わたしも南《みなみ》につられて、前《まえ》より勉強時間《べんきょうじかん》が増《ふ》えたのはうれしい。レッスンの前《まえ》や、休憩中《きゅうけいちゅう》も、注意《ちゅうい》されたことの確認《かくにん》や、気《き》になることなんかをよく話《はな》しあった。

「はーあ、なんか、納得《なっとく》いかない!」

梨央《りお》がレッスンのあとの更衣室《こういしつ》で、宿題《しゅくだい》をしながら言《い》った。

「リオたちの『四羽《わ》』、けっこうよくなってると思《おも》わない? 少《すこ》しはほめてくれたっていいのに。」

梨央《りお》が言《い》ったことは、わたしも、南《みなみ》も、杏樹《あんじゅ》も、ちょっとは思《おも》っていることだった。自《じ》分《ぶん》たちでどんなにうまくできたと思《おも》っても、いまだに千鶴先生《ちづるせんせい》から「よくなった」って言《い》われることはないし、先生《せんせい》から見《み》ると「ぜんぜんそろってない」らしい。

「でも、先生《せんせい》がそろってないって言《い》うんだから、そうなんじゃない？」

わたしが言《い》うと、南《みなみ》は塾《じゅく》のむずかしそうな算数《さんすう》のプリントと格闘《かくとう》しながらうなずいた。

「私《わたし》も、梨央《りお》ちゃんと同《おな》じこと、思《おも》ったことある。」

ちょうど更衣室《こういしつ》の奥《おく》で休憩《きゅうけい》していたさやかちゃんが、わたしたちの話《はなし》を聞《き》いて言《い》った。

この間《あいだ》の泣《な》きはらした顔《かお》がうそみたいに、いつものさわやかな笑顔《えがお》に戻《もど》ってる。

「自分《じぶん》ではけっこう進歩《しんぽ》してるかなと思《おも》ってても、先生《せんせい》にまったくほめてもらえないと不《ふ》安《あん》になるよね。」

たしかに千鶴先生《ちづるせんせい》は、さやかちゃんのこともかんたんにはほめない。あんなに上手《じょうず》なさやかちゃんのどこにそんなに注意《ちゅうい》するところがあるんだろうってぐらい、次々注意《つぎつぎちゅうい》が出《で》てくるから不思議《ふしぎ》。すると、学校《がっこう》の漢字《かんじ》ノートをやっていた杏樹《あんじゅ》がパッと顔《かお》を上《あ》げて言《い》った。

「ワタシもナットク、いかない！」

杏樹《あんじゅ》がノートに書《か》いている漢字《かんじ》は、美《び》、笛《ふえ》、湖《みずうみ》、悪《あく》。前《まえ》よりむずかしくなってる。それに、杏樹《あんじゅ》の字《じ》は確実《かくじつ》にうまくなってる！

「先生《せんせい》は、悪魔《あくま》に姿《すがた》を変《か》えられた白鳥《はくちょう》たちが笑顔《えがお》なのはおかしいって。でもワタシはそうは思《おも》わない。」

ああ、この間《あいだ》のレッスンで杏樹《あんじゅ》は千《ち》鶴《づる》先生《せんせい》に「『四羽《わ》の白鳥《はくちょう》』を踊《おど》るときは笑《わら》ってはダメ」って注意《ちゅうい》されたんだった。杏樹《あんじゅ》は、ニューヨークでバレエをやっていたときからの習《しゅう》慣《かん》みたいで、つねに少《すこ》しほほえんで踊《おど》るクセがついてる。

わたしたち日本人《にほんじん》は笑顔《えがお》で踊《おど》るのが大変《たいへん》だけど、ニューヨーク育《そだ》ちの杏樹《あんじゅ》にとっては、「無《む》表情《ひょうじょう》」で踊《おど》ることのほうがむずかしいみたい。

「でも『四羽《わ》の白鳥《はくちょう》』には、オデットが王子《おうじ》に出会《であ》って、魔法《まほう》が解《と》けて人間《にんげん》に戻《もど》れるかもしれないっていうhope《ホープ》、希望《きぼう》もあると思《おも》う。」

ふうん、そんなふうに考《かんが》えたことなかった。言《い》われてみれば、「四羽《わ》の白鳥《はくちょう》」が踊《おど》るのは第《だい》二幕《まく》で、王子《おうじ》がオデットに永遠《えいえん》の愛《あい》を誓《ちか》うと約束《やくそく》したあとだ。たしかに、白鳥《はくちょう》たちの中《なか》には、希望《きぼう》が見《み》えてうれしい気持《きも》ちもあるかもしれない。

「じゃあ、表情《ひょうじょう》のこともふくめて一度《いちど》、『四羽《わ》』をビデオに撮《と》ってみたら？　そしたら、先生《せんせい》の言《い》ってること、わかるかもよ。」

さっそく、さやかちゃんのアドバイスどおり、わたしたちの「四羽《わ》の白鳥《はくちょう》」を杏樹《あんじゅ》のスマホで撮《と》ってもらった。ワクワクしながらみんなで見《み》てみると……えっ、あんまりそろってない！　なんで!?

「なんか……思《おも》ってたより、バラバラだね……。」

まず梨央《りお》がぽつりと言《い》った。

「うん……もうちょっとそろってると思《おも》ってたね。」

南《みなみ》も、ガッカリしたように言《い》った。さやかちゃんもスマホの画面《がめん》をのぞきこんで、うん、うんとうなずいた。

「四人《にん》いたら四人《にん》とも、自分《じぶん》で『いい』とか『心地《ここち》いい』って思《おも》っている角度《かくど》や踊《おど》り方《かた》が微妙《びみょう》にちがうんだよね。」

さやかちゃんは立《た》ち上《あ》がって、わたしたちの前《まえ》に出《で》て言《い》った。

「たとえばプリエが浅《あさ》い人《ひと》と深《ふか》い人《ひと》とでは、ジャンプのタイミングも高《たか》さも変《か》わるで

しょ？」

さやかちゃんはまず浅《あさ》いプリエで跳《と》んで、次《つぎ》に深《ふか》いプリエで跳《と》んでみせた。

「浅《あさ》い人《ひと》は床《ゆか》を押《お》せないからすぐ跳《と》びたくなっちゃうし、深《ふか》い人《ひと》はその分《ぶん》ジャンプも高《たか》くなるからおりてくるのに時間《じかん》がかかる。」

ほんとだ、同《おな》じパなのに、ジャンプのタイミングも高《たか》さもちがう。カトルパッセやパ・ド・シャのところがなんとなくバラバラおりてくるみたいに見《み》えるのはそのせいなんだ。

「脚《あし》を出《だ》す方向《ほうこう》や軸足《じくあし》のかかとの向《む》き、独特《どくとく》な顔《かお》の角度《かくど》や動《うご》かし方《かた》、体《からだ》の向《む》き……そのひとつひとつがこんなふうにちょっとずつずれると、全体《ぜんたい》にそろってない印象《いんしょう》になるの。」

もう一度《いちど》よく見《み》てみると、たしかに何《なん》か所《しょ》か、特《とく》にバラバラに見《み》えてしまうところがある。

「逆《ぎゃく》に、見《み》てる人《ひと》が気《き》になるポイントをしっかりそろえれば、実際《じっさい》よりもピシーッとそろって見《み》えたりするってこと。白鳥《はくちょう》のコール・ド・バレエは、チュチュのボンがみんなピンッと張《は》ってると、それだけでそろって見《み》えるっていうよ。」

なるほど！　だから映像《えいぞう》で、見《み》ている人《ひと》がどこが気《き》になるのかを知《し》ることが大事《だいじ》なんだ。これには梨央《りお》も南《みなみ》も、納得《なっとく》したようにうなずいた。

「じゃあ、ビデオを見《み》て気《き》になるポイントを直《なお》せば、千鶴先生《ちづるせんせい》もよくなったってほめてくれるかな。」

「そうだよ、ぜったい！」

さっきまでブツブツ言《い》ってた梨央《りお》も、がぜんやる気《き》を出《だ》して、最初《さいしょ》からビデオを見直《みなお》してる。さやかちゃんってバレエが上手《じょうず》なだけじゃなくて、バレエを教《おし》えるのも上手《じょうず》なんだ。教《おし》えてくれるときも口《くち》が悪《わる》すぎてうんざりする透《とおる》くんとは大《おお》ちがい！

「うーん、やっぱり『四羽《わ》』に笑顔《えがお》はいらないのかも。」

杏樹《あんじゅ》も、ビデオを見《み》て気《き》づいたことがあったみたい。

「そうね、コール・ド・バレエは感情《かんじょう》を表《おもて》に出《だ》さないほうが、お客様《きゃくさま》が想像《そうぞう》をふくらませることができるからね。」

さやかちゃんの説明《せつめい》に、あんなに表情《ひょうじょう》にこだわっていた杏樹《あんじゅ》も素直《すなお》になってる。すごいなあ、さやかちゃん、バレエの知識《ちしき》もいっぱいあって、もう、すぐにでも先生《せんせい》の助手《じょしゅ》ができそう。

ほかの三人《にん》がそうやって前向《まえむ》きになっているとき、わたしはひとり、ビデオを見《み》て大変《たいへん》なことを発見《はっけん》して愕然《がくぜん》としていた。それは……ガーン！　わたしだけ、アン・ドゥオールができてないってこと！

みんながどんどんうまくなってるから、ひとりだけかかとの角度《かくど》がちがったり、内足《うちあし》になってたりすると、すごく目立《めだ》つんだ。前半《ぜんはん》は元気《げんき》があるからまだいいけど、特《とく》に疲《つか》れてきた後半《こうはん》あたりがもう、見《み》てられない！

パ・ド・シャの左脚《ひだりあし》がちゃんと外《そと》に開《ひら》かないで入《はい》ってくるし、前後《ぜんご》のアンボアテはドゥミ・アティテュードの膝《ひざ》が外側《そとがわ》でなく真上《まうえ》を向《む》いちゃってるし、ピケのパッセの横《よこ》に出《だ》す足《あし》は、みんなかかとが横《よこ》から見《み》えているのにわたしだけ真後《まうし》ろにかくれちゃってる。

うわー、わたしだけ基礎《きそ》に戻《もど》って、もっともっと練習《れんしゅう》しなきゃ。もちろん、アン・ドゥオールはそんな短期間《たんきかん》で習得《しゅうとく》できるものじゃないってわかってる。でも、まだ努力《どりょく》できることはきっとあるはず。本番《ほんばん》まで時間《じかん》はなくても、ぎりぎりまでできることはかならずあるんだ。

透《とおる》くんが言《い》っていたように、練習《れんしゅう》は、時間切《じかんぎ》れじゃなくて、あきらめたときに終《お》わるんだから。

三学期《がっき》の終業式《しゅうぎょうしき》は、毎年《まいとし》、いつもより体育館《たいいくかん》がゆったりしている。昨日《きのう》の卒業式《そつぎょうしき》で、六年生《ねんせい》はもう卒業《そつぎょう》してしまったからだ。

「次《つぎ》に会《あ》うときは、六年生《ねんせい》だね。」

帰《かえ》り際《ぎわ》、シオリンが言《い》った。そうか、昨日《きのう》までは、五年生《ねんせい》は在校生《ざいこうせい》の代表《だいひょう》として卒業式《そつぎょうしき》に出席《しゅっせき》するから、卒業生《そつぎょうせい》の入退場《にゅうたいじょう》時《じ》の楽器演奏《がっきえんそう》や卒業生《そつぎょうせい》を送《おく》る歌《うた》、呼《よ》びかけなどの練習《れんしゅう》でバタバタしていて気《き》づかなかった。四月《がつ》の始業式《しぎょうしき》でこの体育館《たいいくかん》に来《く》るときは、わたしたちはもう六年生《ねんせい》なんだ。

「あ、うちはその前《まえ》にめいのフェス、観《み》に行《い》くからね！」

カナがにんまりしてわたしの顔《かお》をのぞきこんだ。

「ありがとう！　まだまだ未完成《みかんせい》の『四羽《わ》の白鳥《はくちょう》』だけど……。」

わたしが言《い》うと、ハルトがわざとだるそうに言《い》った。

「あーおれもその日《ひ》、たっまたま練習《れんしゅう》も試合《しあい》もないんだよなあ。」

「はいはい、わかったわかった、どうせハルトも行《い》きたいんでしょ？」

「あんだよ、行《い》きたいとは言《い》ってねえだろ？」

ふたりのお決《き》まりのやりとりに吹《ふ》きだしているわたしの肩《かた》を、シオリンがぽんっとたたいた。

「がんばって。カナもあたしも、本気《ほんき》でめいの踊《おど》りが観《み》たいんだから……それから、ハルトもね。」

ん？　ハルトも？　シオリンってときどきヘンなこと言《い》いだすんだから。でも、五年生《ねんせい》の一年間《ねんかん》がこんなに楽《たの》しかったのは、本当《ほんとう》にこの三人《にん》のおかげ。ああ、フェスティバル本番《ばん》は三日後《みっかご》……国枝先生《くにえだせんせい》が言《い》ってたみたいに、「五年生《ねんせい》の有終《ゆうしゅう》の美《び》」を飾《かざ》らなきゃ！

11 本《ほん》番《ばん》直《ちょく》前《ぜん》、まさかのアクシデント！

「はい、背《せ》の高《たか》い順《じゅん》に並《なら》んでー。」

両《りょう》手《て》いっぱいに四着《ちゃく》の白《しろ》いチュチュを持《も》った千《ち》鶴《づる》先《せん》生《せい》の前《まえ》に、杏樹《あんじゅ》、梨《り》央《お》、わたし、南《みなみ》の順《じゅん》に並《なら》ぶ。わたしたちをひと目《め》見《み》て、先生《せんせい》はちょっとびっくりしたように言《い》った。

「あら。一月《がつ》に見《み》たときより、背《せ》の高《たか》さがそろってる。」

先生《せんせい》の言葉《ことば》に、スタジオの正面《しょうめん》の鏡《かがみ》に目《め》をやると……ほんとだ！　「四羽《わ》」の練習《れんしゅう》ではじめて四人《にん》で並《なら》んでみたときより、身長差《しんちょうさ》が目立《めだ》たなくなってる。

「めいと南《みなみ》の背《せ》がちょっと伸《の》びたのね。『四羽《わ》』は少《すこ》しでも身長《しんちょう》がそろっているほうが美《うつく》しいもの。」

やった！　わたしは南《みなみ》とハイタッチした。

「オーマイガッ！　ワタシたち、伸《の》びなやみね。」

杏樹《あんじゅ》が頭《あたま》を抱《かか》えて笑《わら》ったけど、梨央《りお》はちょっとくやしそうに下《した》を向《む》いた。千鶴先生《ちづるせんせい》はそんなふたりに笑《わら》いかけた。

「梨央《りお》と杏樹《あんじゅ》、待《ま》っててくれてありがとう。きっと『四羽《わ》』の本番《ほんばん》が終《お》わったらぐっと伸《の》びるわね！」

千鶴先生《ちづるせんせい》の言葉《ことば》に、梨央《りお》もしぶしぶうなずいた。もう梨央《りお》ってほんと負《ま》けず嫌《ぎら》い。いいじゃない、それでもわたしたちよりだいぶ勝《か》ってるんだから。

「知《し》り合《あ》いのバレエ学校《がっこう》で今《いま》は使《つか》っていない衣装《いしょう》を借《か》りてきたから、ちょっと古《ふる》いけど……ライトが当《あ》たったらこれでも真《ま》っ白《しろ》に見《み》えるからね。」

千鶴先生《ちづるせんせい》はそう言《い》いながら、わたしたちひとりひとりに「四羽《わ》の白鳥《はくちょう》」の衣装《いしょう》を手渡《てわた》した。たしかに真《ま》っ白《しろ》……とは言《い》えない、うっすらグレーがかったチュチュだけど、胸《むね》のところにはちゃんと白鳥《はくちょう》の羽根《はね》がついてるし、髪《かみ》につける羽根飾《はねかざ》りもあるし、じゅうぶんすぎるぐらい！　ああ、白鳥《はくちょう》の衣装《いしょう》ってやっぱりステキ。

「今日《きょう》は最後《さいご》のレッスンだから、衣装《いしょう》を着《き》て通《とお》してみましょう。ボンがあるとまた感覚《かんかく》がちがうから。」

さっそく四人《にん》で手伝《てつだ》いあってチュチュの背中《せなか》のホックを留《と》める。先生《せんせい》がわたしたちのサイズに近《ちか》いものを選《えら》んできてくれたおかげで、みんなぴったり。四人《にん》で手《て》を組《く》んでみたら、横《よこ》にまるく張《は》りだしたボンがとなりの人《ひと》とぶつかってしまう。

「手《て》を組《く》む前《まえ》に、チュールがくしゃくしゃにならないように気《き》をつけて重《かさ》ねて。腕《うで》と同《おな》じで、右側《みぎがわ》のボンが上《うえ》になるように。」

そうか、先《さき》に手《て》を組《く》んでしまうと衣装《いしょう》を直《なお》すのも大変《たいへん》なんだ。わたしたちは上手《かみて》のコーナーでていねいにボンを重《かさ》ねてから手《て》をつなぎあった。踊《おど》ってみると、レオタードのときとちょっと感覚《かんかく》がちがう。でも、チュチュを着《き》てたほうが、四人《にん》の列《れつ》がそろって見《み》えた気《き》がする……さやかちゃんが言《い》ってたのってこういうことだったんだ！

「『四羽《わ》の白鳥《はくちょう》』は、ある意味《いみ》、『白鳥《はくちょう》の湖《みずうみ》』の中《なか》でいちばん白鳥《はくちょう》らしい踊《おど》りと言《い》えるかもしれないわね。」

最後《さいご》のレッスンを終《お》えて、千鶴先生《ちづるせんせい》が言《い》った。

「本物《ほんもの》の白鳥《はくちょう》は、湖《みずうみ》の水面《みなも》を何《なに》ごともないかのようにすーっと泳《およ》いでいくでしょ。でも、水面《みなも》の下《した》では懸命《けんめい》に足《あし》を動《うご》かしている。『四羽《わ》の白鳥《はくちょう》』も同《おな》じ……四人《にん》そろっておす

ましして、上半身《じょうはんしん》はビクともしないのに、脚《あし》は素早《すばや》く細《こま》かいパをくり返《かえ》して移動《いどう》している。そこが『四羽《わ》』のいちばんの魅力《みりょく》なのよ。」

「白鳥《はくちょう》の湖《みずうみ》」の中《なか》の「いちばん白鳥《はくちょう》らしい踊《おど》り」、それが「四羽《わ》の白鳥《はくちょう》」……千鶴先生《ちづるせんせい》の言葉《ことば》が、胸《むね》にひびいた。そんな特別《とくべつ》な踊《おど》りを、わたしたちは明日《あした》、舞台《ぶたい》で踊《おど》ることができるんだ。

「ああ、これ、衣装《いしょう》の胸《むね》のところにつけたらどうかと思《おも》って。」

千鶴先生《ちづるせんせい》は帰《かえ》りがけ、何《なに》かのついでのようにさりげなく、小《ちい》さなきらきらしたものを差《さ》し出《だ》した。それは、衣装《いしょう》の胸《むね》のところに飾《かざ》る、ラインストーンのオーナメントだった。わあ……きれい！

「ほら、あんまりきれいな衣装《いしょう》じゃないから、せめてね。少《すこ》しはましになるでしょ？」

手《て》のひらの上《うえ》のオーナメントに見《み》とれていると、千鶴先生《ちづるせんせい》は言《い》った。わたしたちが古《ふる》い衣装《いしょう》にガッカリするといけないと思《おも》って、用意《ようい》してくれたのかも。誰《だれ》もぜんぜんガッカリなんかしてなかったけど、そんな先生《せんせい》の気持《きも》ちがうれしかった。先生《せんせい》の想《おも》いを胸《むね》に、明日《あした》の本番《ほんばん》、しっかり踊《おど》れるようにがんばろう！

本番当日《ほんばんとうじつ》の会場《かいじょう》、大《おお》きな舞台《ぶたい》の上《うえ》は、さまざまな色《いろ》や形《かたち》の衣装《いしょう》をつけた出演者《しゅつえんしゃ》たちでいっぱいだ。舞台用《ぶたいよう》のメイクをして、白《しろ》いチュチュと、頭《あたま》の両側《りょうがわ》に耳《みみ》をかくすように白《しろ》い羽根飾《はねかざ》りをつけたわたしたちは、千鶴先生《ちづるせんせい》のあとについて、その間《あいだ》をぬうように上手《かみて》から下手《しもて》に進《すす》んだ。

「最初《さいしょ》のアンボアテではこのあたりまで来《こ》れるといいわね。」

右方向《みぎほうこう》の先頭《せんとう》になる梨央《りお》が大《おお》きくうなずく。先生《せんせい》が立《た》った位置《いち》を、目印《めじるし》で覚《おぼ》える。前《まえ》は客席《きゃくせき》に向《む》かっていちばん右《みぎ》の非常口《ひじょうぐち》のマーク、横《よこ》は三枚《まい》めの袖幕《そでまく》のところまで。

「アンボアテの最後《さいご》はセンターだから行《い》きすぎないように。」

左方向《ひだりほうこう》の先頭《せんとう》になる杏樹《あんじゅ》が、はい！　と明《あか》るく返事《へんじ》をした。舞台《ぶたい》の中央《ちゅうおう》には、白《しろ》いバミリという目印《めじるし》がついているから、それが四人《にん》のまんなか、つまりわたしと南《みなみ》の間《あいだ》がセンターになるように立《た》つ。

「カトルパッセで下《さ》がりすぎると、ずっと舞台《ぶたい》の奥半分《おくはんぶん》で踊《おど》ってるみたいになっちゃうから。シャッセ、アラベスクでしっかり前《まえ》に出《で》てきてよ。」

ふだん練習《れんしゅう》しているスタジオよりもずっと広《ひろ》いから、左右《さゆう》に進《すす》むときも、前《まえ》に出《で》るときも後《うし》ろに下《さ》がるときも、移動《いどう》の距離《きょり》がぜんぜんちがう。ふだんより歩幅《ほはば》やひとつひとつのパを大《おお》きくしないと、先生《せんせい》がよく言《い》う「舞台《ぶたい》を小《ちい》さく使《つか》う」ことになってしまうのだ。

「パ・ド・シャ十六回《かい》で下手《しもて》の袖幕《そでまく》二枚目《まいめ》まで。最後《さいご》、ちゃんとセンターでポーズできるように、ピケのパッセもがんばって！」

いつものスタジオでも息《いき》が切《き》れてるのに、大丈夫《だいじょうぶ》かな……はあ、だんだんあせってきちゃった。あらためてまわりを見《み》ると、わたしたちと同《おな》じ小学生《しょうがくせい》ぐらいの子《こ》もいるけど、中学生《ちゅうがくせい》や高校生《こうこうせい》のお姉《ねえ》さんたちもけっこう多《おお》いんだ。みんな大人《おとな》みたいに上手《じょうず》で、落《お》ち着《つ》いていて、どんな踊《おど》りもラクラクこなしてるみたいに見《み》える。こういう大《おお》きな舞台《ぶたい》も慣《な》れっこなんだろうな。

「『四羽《わ》』は六番《ばん》めだから、このまま袖《そで》にいたほうがいいわ。先生《せんせい》は指導者《しどうしゃ》の席《せき》があるから、そこで観《み》てるわね。」

ひと通《とお》り確認《かくにん》を終《お》えて引《ひ》っこんだ上手《かみて》の舞台袖《ぶたいそで》で千鶴先生《ちづるせんせい》が言《い》った。そうか、先生《せんせい》は客《きゃく》席《せき》から観《み》るんだ。なんとなく、舞台袖《ぶたいそで》でずっといっしょにいてくれると思《おも》っていたから、ちょっと不安《ふあん》……そんなわたしたちに気合《きあい》を入《い》れるように、千鶴先生《ちづるせんせい》が言《い》った。

「さあ、思《おも》いきり踊《おど》ってらっしゃい！　大丈夫《だいじょうぶ》よ。練習《れんしゅう》は私《わたし》たちを裏切《うらぎ》らない。」

それから先生《せんせい》は少《すこ》し後《あと》ずさりして、並《なら》んだわたしたち四人《にん》の姿《すがた》を、ちょっと目《め》を細《ほそ》めて見《み》た。

「いろいろあったけど……あなたたち、きっといい『四羽《わ》の白鳥《はくちょう》』になれるわ。」

千鶴先生《ちづるせんせい》はほほえんで何度《なんど》かうなずいてから、客席《きゃくせき》へ続《つづ》くドアを出《で》ていった。先生《せんせい》が行《い》ってしまうと、なんだか急《きゅう》に心細《こころぼそ》くなった。なんとなくうつむいたわたしの目《め》に、衣装《いしょう》の胸元《むなもと》につけた、昨日《きのう》千鶴先生《ちづるせんせい》がくれたオーナメントが光《ひか》った。大丈夫《だいじょうぶ》、心細《こころぼそ》くなんかない。わたしたちは四人《にん》で、いっぱい練習《れんしゅう》してきたんだから。わたしはお守《まも》りにふれるように、胸《むね》のオーナメントに手《て》をやった。

「あれは『白雪姫《しらゆきひめ》』でしょ、あれは『海《うみ》と真珠《しんじゅ》』でしょ、あれは『ドン・キホーテ』のキトリ、あれは『パリの炎《ほのお》』……。」

袖幕《そでまく》から舞台《ぶたい》をのぞいて、梨央《りお》がいろいろな衣装《いしょう》をこっそり指差《ゆびさ》しながら言《い》った。

「『四羽《わ》』は私《わたし》たちだけだね。よかった！」

そう言《い》いながら、梨央《りお》がほかのバレエスクールの人《ひと》たちに対抗意識《たいこういしき》を燃《も》やしているのがわかる。

「梨央《りお》、今日《きょう》はコンクールじゃなくてフェスティバルだよ。Enjoy《エンジョイ》! 楽《たの》しもう！」

杏樹《あんじゅ》が、ちょっとこわい顔《かお》になっていた梨央《りお》の肩《かた》をぽんとたたいた。梨央《りお》はきまり悪《わる》くなったようでブツブツ言《い》ったけど、杏樹《あんじゅ》の言《い》うことはわりと素直《すなお》に聞《き》くみたい。ふたりの様子《ようす》に、わたしと南《みなみ》は顔《かお》を見合《みあ》わせた。

「緊張《きんちょう》してる？」

南《みなみ》が聞《き》いてきたので、わたしはうなずいた。強《つよ》がってかくしたって、わたしのあがり症《しょう》は南《みなみ》にもうバレてるから。

「平気《へいき》、平気《へいき》、今日《きょう》はこーんなきれいな衣装着《いしょうき》てるから、さすがに『四羽《わ》のニワトリ』には見《み》えないって！」

南《みなみ》はそう言《い》って、得意《とくい》の「鳥《とり》のクチバシ」のヘン顔《がお》をしてみせた。舞台用《ぶたいよう》のメイクで赤《あか》いクチバシになって、いつにも増《ま》しておかしい。吹《ふ》きだしたわたしを見《み》て、南《みなみ》はしてやったりって感《かん》じで笑《わら》ってる。その笑顔《えがお》を見《み》て思《おも》った。ああ本当《ほんとう》に、南《みなみ》といっしょにこの舞台《ぶたい》に出《で》られてよかった！

開演《かいえん》十分前《ぶんまえ》のベルが鳴《な》って、舞台《ぶたい》の上《うえ》で練習《れんしゅう》をしていた人《ひと》たちがいっせいに舞台袖《ぶたいそで》に引《ひ》き上《あ》げてきた。わたしが奥《おく》に避難《ひなん》しようとしたとき、下手《しもて》の舞台袖《ぶたいそで》のライトがちょうど目《め》に入《はい》った。まぶしいっ！　わたしは思《おも》わず目《め》をつぶった。

「あ！」

次《つぎ》の瞬間《しゅんかん》、何《なに》かが勢《いきお》いよくぶつかってきて、その拍子《ひょうし》にわたしは大《おお》きくよろけてしまった。

「めい、大丈夫《だいじょうぶ》!?」

南《みなみ》がかけよってきたとき、わたしはリノリウムの床《ゆか》にしりもちをついていた。

「オーマイガッ！　めい、ケガない？」

南《みなみ》と杏樹《あんじゅ》の手《て》を借《か》りて立《た》ち上《あ》がって、いろいろ手足《てあし》を動《うご》かしてみたけど、どこも痛《いた》くない。

「うん、大丈夫《だいじょうぶ》、どこもケガしてない。」

「あーよかったー！」

梨央《りお》は怒《おこ》った顔《かお》をして、控《ひか》え室《しつ》に続《つづ》く通路《つうろ》のほうをにらんでいる。

「ちょっと、何《なに》あのキトリ、ぶつかっといて、あやまりもしないで行《い》っちゃうなんて、ひどくない？」

わたしにぶつかったのは、真《ま》っ赤《か》な衣装《いしょう》を着《き》たキトリだったみたい。でも、わたしもジャマなとこにいたし、本番前《ほんばんまえ》はみんないろいろな事情《じじょう》があるものだから、何《なに》かで急《いそ》いでいたのかも。

「もういいよ、しょうがないよ……。」

そう言《い》いかけたとき……わたしは大変《たいへん》なことに気《き》づいて、息《いき》をのんだ。

「めい？　どうかした……？」

南《みなみ》が、心配《しんぱい》そうにわたしの顔《かお》をのぞきこんだ。

「ない……！」

「え？」

「ない……先生《せんせい》にもらったオーナメントがない！」

三人《にん》の視線《しせん》が、わたしの衣装《いしょう》に集《あつ》まった。みんなも、そこにオーナメントがないことを確認《かくにん》して、わたしと同《おな》じように息《いき》をのんだのがわかった。

「どうしよう！　さっきまであったのに……さっきそこで見《み》たばっかりなのに！」

わたしはパニックになって、今《いま》にも涙《なみだ》が出《で》てきそうだった。せっかく千鶴先生《ちづるせんせい》がわたしたち四人《にん》のために用意《ようい》してくれたのに。「四羽《わ》」が上手《じょうず》に踊《おど》れるお守《まも》りだと思《おも》ってたのに。

「今《いま》ぶつかったときに落《お》ちたのかな。」

「大丈夫《だいじょうぶ》だよ、ぜったいこのへんにあるから。」

「衣装《いしょう》のどこかにくっついてない？」

わたしの衣装《いしょう》やとなりにいた南《みなみ》の衣装《いしょう》、床《ゆか》や袖幕《そでまく》の下《した》など、一生懸命探《いっしょうけんめいさが》したけど、オーナメントはどこにもない。わたしの不注意《ふちゅうい》で、みんなに迷惑《めいわく》をかけてしまったことが悲《かな》しくて、くやしくて、情《なさ》けなかった。ああ、なんでわたしって、こんなかんじんなときにダメなんだろう……！

「あった！　ああ……ちがった、ごめん……。」

南《みなみ》が拾《ひろ》い上《あ》げたのは、誰《だれ》かのティアラから落《お》ちたラインストーンだった。それからも、四人《にん》でそこらじゅう、目《め》を皿《さら》のようにして探《さが》したけど、オーナメントは見《み》つからなかった。開演《かいえん》のベルが鳴《な》りひびき、あたりが暗《くら》くなったところで、わたしたちはあきらめて舞《ぶ》台袖《たいそで》の奥《おく》にのろのろと引《ひ》き上《あ》げた。

アナウンスが聞《き》こえ、軽快《けいかい》な音楽《おんがく》がかかり、最初《さいしょ》の演目《えんもく》が始《はじ》まった。ああ、もうこのまま舞台《ぶたい》に出《で》て踊《おど》るしかないんだ。もう覚悟《かくご》を決《き》めよう。こんなのぜんぜん、たいしたことじゃない。だって、衣装《いしょう》がやぶれたり、トウシューズのリボンが切《き》れたり、髪飾《かみかざ》りが片方《かたほう》取《と》れてしまったりしたわけじゃないんだから。わたしだけ、ほんの小《ちい》さな飾《かざ》りがないだけなんだから。

「南《みなみ》、何《なに》やってるの？」

杏樹《あんじゅ》の言葉《ことば》に振《ふ》り返《かえ》ると、南《みなみ》がだまって、自分《じぶん》の胸《むね》のオーナメントをはずしている……！　なんで!?　すると南《みなみ》は、とてもいいことを思《おも》いついたように得意《とくい》げに言《い》った。

「みんな、はずせばいいんだよ。そしたら四人《にん》とも同《おな》じ衣装《いしょう》でしょ？」

そう言《い》って、南《みなみ》は赤《あか》い口紅《くちべに》から白《しろ》い歯《は》を見《み》せてにっと笑《わら》った。

「え……!?　でも……。」

どうしていいかわからないわたしの横《よこ》で、杏樹《あんじゅ》がパッと明《あか》るい笑顔《えがお》になって言《い》った。

「オー、グッドアイディアね、南《みなみ》!」

杏樹《あんじゅ》が自分《じぶん》のオーナメントをはずすと、梨央《りお》もうなずいて、さっとはずしながら言《い》った。

「『四羽《わ》の白鳥《はくちょう》』は、四人《にん》がそろってるのがいちばん大事《だいじ》なんだから。」

南《みなみ》、杏樹《あんじゅ》、梨央《りお》、三人《にん》のやさしさに、涙《なみだ》があふれてきそうだった。先生《せんせい》の気持《きも》ちがこもったオーナメント。みんなあんなに喜《よろこ》んでいたのに、それをはずすなんて、本当《ほんとう》はいやに決《き》まってるのに。

「みんな、ありがとう……わたしのせいで……ごめん……。」

泣《な》いたら、千鶴先生《ちづるせんせい》がきれいにしてくれたメイクが台無《だいな》しになってしまうから、わたしは涙《なみだ》がこぼれないように必死《ひっし》で上《うえ》を向《む》いた。

「千鶴先生《ちづるせんせい》にも悪《わる》いことしちゃった……せっかく用意《ようい》してくれたのに……。」

わたしの途切《とぎ》れ途切《とぎ》れの言葉《ことば》に、南《みなみ》はまた、にっと笑《わら》って言《い》った。

「平気《へいき》、平気《へいき》。先生《せんせい》、きっとうちらがつけてないの、気《き》づかないよ。踊《おど》りばっかり見《み》てるから！」

南《みなみ》の言葉《ことば》に、梨央《りお》と杏樹《あんじゅ》が笑《わら》った。わたしも笑《わら》った。こんなすばらしい仲間《なかま》と、「四羽《わ》の白鳥《はくちょう》」を踊《おど》れること。それ以外《いがい》には大切《たいせつ》なものなど何《なに》もないと思《おも》った。胸《むね》にきらきら光《ひか》るオーナメントはなくても、四人《にん》で一生懸命練習《いっしょうけんめいれんしゅう》した宝石《ほうせき》のような時間《じかん》が胸《むね》の奥《おく》に残《のこ》っている。だから大丈夫《だいじょうぶ》……きっと踊《おど》れる！

「プログラム六番《ばん》、『白鳥《はくちょう》の湖《みずうみ》』第《だい》二幕《まく》より、『四羽《わ》の白鳥《はくちょう》』。有村《ありむら》バレエスクール、東《とう》京《きょう》。」

誰《だれ》もいない舞台《ぶたい》に、薄青《うすあお》い照明《しょうめい》がともる。四人《にん》でしっかりつなぎあった手《て》を一瞬《いっしゅん》、ギュッとにぎりしめて、わたしたちは舞台《ぶたい》へと歩《あゆ》み出《で》た。一、二、三、四、五、六、七、いつもは五歩《ほ》だけど、今日《きょう》は七歩《ほ》で最初《さいしょ》のポーズ。ライトの向《む》こう、正面《しょうめん》の客席《きゃくせき》に、たくさんのお客様《きゃくさま》が見《み》えた。

最初《さいしょ》のポーズを合図《あいず》に、曲《きょく》がかかる。ポッ、ポッ、ポッ、ポッ、音楽《おんがく》の一ノ瀬《いちのせ》先生《せんせい》に聞《き》いたら、これはファゴットという木管楽器《もっかんがっき》の音色《ねいろ》なんだそう。前《まえ》クッペからアンボアテ、顔《かお》をはっきり進行方向《しんこうほうこう》に向《む》けて、わたしたちの「四羽《わ》の白鳥《はくちょう》」が始《はじ》まった。

ふだんの練習《れんしゅう》よりアンボアテの歩幅《ほはば》を大《おお》きめに、下手《しもて》ななめ前《まえ》に向《む》かって進《すす》んでいく。さっき千鶴先生《ちづるせんせい》に言《い》われた、非常口《ひじょうぐち》のマークまでだいたい行《い》けた。でも、いつもより勢《いきお》いがつきすぎて、方向転換《ほうこうてんかん》するソテ、パ・ド・ブーレ、パッセがちょっとバタバタッとなった。反対側《はんたいがわ》は気《き》をつけないと！

ああ、一回《かい》おさまっていたドキドキが、またのどのほうまでせりあがってきた。ダメ、ダメ、落《お》ち着《つ》いて。アンボアテ二往復《おうふく》の最後《さいご》、ちゃんとセンターで終《お》わらなきゃ。でも四人《にん》とも、いつもより力《ちから》が入《はい》ってるから、進《すす》む勢《いきお》いがうまくコントロールできない。カトルパッセ、エシャッペのときにそうっとバミリを見《み》ると……ああ、やっぱり少《すこ》しセンターがずれてる！

わたしと南《みなみ》の間《あいだ》がセンターでなくちゃいけないのに、南《みなみ》がセンターになっちゃってる。

ちょっと行《い》きすぎたんだ……ってことは、少《すこ》し下手《しもて》にずれればいいってことだけど、カトルやエシャッペで直《なお》そうとしたらいけない。前《まえ》にカトルをななめに跳《と》んで、千鶴先生《ちづるせんせい》にどなられたもの。こういうとき、どうすれば……。

「もし本番《ほんばん》でずれたら、次《つぎ》のシャッセ、アラベスクで修正《しゅうせい》して。お客様《きゃくさま》にわからないようにちょっとずつよ。」

どこかから、千鶴先生《ちづるせんせい》の注意《ちゅうい》が聞《き》こえてきたような気《き》がした。そうだ、次《つぎ》のシャッセ、アラベスクは左右交互《さゆうこうご》に脚《あし》をすり出《だ》すから、左脚《ひだりあし》より右脚《みぎあし》を大《おお》きく踏《ふ》みこめばセンターのずれを直《なお》せるはず……よしっ、大丈夫《だいじょうぶ》！　四人《にん》とも、先生《せんせい》の注意《ちゅうい》を覚《おぼ》えていたんだ。

次《つぎ》はアンボアテで上手奥《かみておく》に下《さ》がる。顔《かお》の向《む》きを変《か》えてまた戻《もど》すところや、脚《あし》を上《あ》げる高《たか》さや方向《ほうこう》を合《あ》わせるのが大変《たいへん》だったところだけど、今《いま》はなんとなく、千鶴先生《ちづるせんせい》の言《い》っていた意味《いみ》がわかる。「呼吸《こきゅう》が合《あ》う」ってことは、いつ息《いき》を吸《す》っていつ吐《は》いてるかまで合《あ》うってこと……。

杏樹《あんじゅ》と「白鳥《はくちょう》の湖《みずうみ》」の舞台《ぶたい》で「四羽《わ》の白鳥《はくちょう》」を観《み》たとき、感《かん》じた疑問《ぎもん》……速《はや》い小《こ》きざみなステップばかりの踊《おど》りなのに、どうしてあんなに優雅《ゆうが》に見《み》えるのか。それは、四人《にん》が

必死《ひっし》でそろえてるんじゃなくて、本当《ほんとう》に四人《にん》の呼吸《こきゅう》が合《あ》ってるってことだったんだ。

いつもよりたくさん移動《いどう》しなきゃいけないパ・ド・シャは、左脚《ひだりあし》が内足《うちあし》になるのが目立《めだ》つところ。ビデオを見《み》て、わたしだけアン・ドゥオールができてないのに気《き》づいて愕然《がくぜん》としたとき、さやかちゃんが教《おし》えてくれた。

「パ・ド・シャは顔《かお》が進行方向《しんこうほうこう》に向《む》いてるから、後《うし》ろからくる足《あし》が内足《うちあし》になりやすいの。進行方向《しんこうほうこう》だけでなく、横《よこ》の意識《いしき》を持《も》てると気《き》をつけやすいよ。」

顔《かお》をきっちり進行方向《しんこうほうこう》に向《む》けながら、同時《どうじ》に「横《よこ》の意識《いしき》」を持《も》つ……むずかしいけど、それを意識《いしき》すると少《すこ》しは、左足《ひだりあし》が外向《そとむ》きで入《はい》ってくるのがわかる。なんとか下手《しもて》の袖幕《そでまく》二枚《まい》めまで来《こ》られた。次《つぎ》はまた、わたしだけ膝《ひざ》が上《うえ》を向《む》いちゃうドゥミ・アティテュードのアンボアテ。

「ドゥミ・アティテュードは『膝《ひざ》を外《そと》』って思《おも》うとがに股《また》になっちゃうから、『かかとを前《まえ》』って意識《いしき》するといいかも。」

さやかちゃんのアドバイスで何度《なんど》も練習《れんしゅう》したから、少《すこ》しはましになってるといいけど……ああ、もう、ラスト近《ちか》くのピケのパッセまで来《き》ちゃった。今度《こんど》こそちゃんとセンターで終《お》われるように……そしてわたしは、ピケの軸足《じくあし》のアン・ドゥオールもがんばらなきゃ！

「ピケの内足《うちあし》を直《なお》したいなら、ひとつ前《まえ》のプリエの膝《ひざ》を外《そと》に向《む》けなさい。前《まえ》のパが内足《うちあし》だと、次《つぎ》のパも必然的《ひつぜんてき》に内足《うちあし》になってしまうから。」

これは千鶴先生《ちづるせんせい》にいつも言《い》われていること。脚《あし》はかなりヘトヘトだけど、なんとかがんばったつもり……よしっ、わたしと南《みなみ》の間《あいだ》がちゃんとセンターになってる。最後《さいご》の力《ちから》をふりしぼって、前《まえ》のドゥミ・アティテュードのアンボアテ、かかとを前《まえ》に、甲《こう》をしっかり伸《の》ばして……十五回《かい》めに、つないでいた手《て》と手《て》がはなれた。さあ、ラストのアラベスク、アロンジエ、膝《ひざ》をついてポーズ……！

客席《きゃくせき》から、大《おお》きな拍手《はくしゅ》が聞《き》こえた。終《お》わった……終《お》わったんだ。あっという間《ま》のようで、こんなに長《なが》い一分半《ぷんはん》は、今《いま》まで感《かん》じたことがないような気《き》がした。

ポーズから立《た》ち上《あ》がり、右脚《みぎあし》から一歩出《ぽだ》し、二歩《ほ》、三歩《ぽ》めで五番《ばん》ポジションにする。正面《しょうめん》、通路手前《つうろてまえ》の列《れつ》に、笑顔《えがお》で拍手《はくしゅ》をする千鶴先生《ちづるせんせい》の姿《すがた》が見《み》えた。この舞台《ぶたい》で、千鶴先生《ちづるせんせい》に「四羽《わ》の白鳥《はくちょう》」を観《み》てもらえて本当《ほんとう》によかった。そして、客席《きゃくせき》のどこかで観《み》ていてくれる、お母《かあ》さんとお父《とう》さん、ジュン、そしてカナとシオリンとハルトにも。

四人《にん》で合《あ》わせたタイミングでおじぎをする。ソテをして、下手《しもて》の袖幕《そでまく》に走《はし》りこんだとたん、わたしたちは誰《だれ》からともなく、もう一度《いちど》しっかり、手《て》をにぎりあった。

「やった！　わたしたち、大成功《だいせいこう》だよね!?」

一生懸命声《いっしょうけんめいこえ》をひそめて、杏樹《あんじゅ》が言《い》った。

「うん、今《いま》までいっちばんうまくできた、よね!?」

南《みなみ》も思《おも》いきりの笑顔《えがお》で言《い》った。

「うーん、カトルパッセ、センターずれたのくやしかったけど……ほかはまあまあかな？」

梨央《りお》はいつもどおり冷静《れいせい》に言《い》った。そしてわたしの口《くち》から飛《と》び出《だ》したのは、こんな言葉《ことば》だった。

「わたし、がんばる！　もっともっとうまくなって、またいつか『四羽《わ》の白鳥《はくちょう》』を踊《おど》りたい！」

わたしたち四人《にん》の「四羽《わ》の白鳥《はくちょう》」は終《お》わってしまったけど、わたしはずっと忘《わす》れない。

四人《にん》で練習《れんしゅう》に打《う》ちこんだ日々《ひび》を、そして短《みじか》くて長《なが》い、たった一分半《ぷんはん》の舞台《ぶたい》を。

12 「四羽《わ》の白鳥《はくちょう》」が残《のこ》した宝物《たからもの》

バレエフェスティバルが終《お》わって最初《さいしょ》のレッスン、わたしはめちゃくちゃ気合《きあい》を入《い》れてた。なぜかというと、ちょっとでも気《き》を抜《ぬ》いたら、もう「四羽《わ》の白鳥《はくちょう》」の練習《れんしゅう》がないことを思《おも》い出《だ》してさびしくなったりぼうっとしたりしてしまいそうだから。

「前《まえ》に脚《あし》を上《あ》げるとき、上体《じょうたい》を反《そ》らさないで、背筋《せすじ》はまっすぐ……はい、ゆっくり手《て》を開《ひら》いて……指先《ゆびさき》のほうを見《み》て。」

バーレッスンから、脚《あし》のアン・ドゥオールはもちろん、いつもはついつい意識《いしき》するのを忘《わす》れちゃうポール・ド・ブラもやわらかく使《つか》うように気《き》をつけた。千鶴先生《ちづるせんせい》がバーのこちら側《がわ》にまわってきて、わたしの腕《うで》や背中《せなか》にふれて、何度《なんど》かうなずいて言《い》った。

「そう、きれい……めい、いいわ。」

やったー！　ポール・ド・ブラをほめられたのなんて、はじめてかも！　去年《きょねん》、「くるみ割《わ》り人形《にんぎょう》」が終《お》わったあとのレッスンはもう、絵《え》に描《か》いたような「燃《も》え尽《つ》き症候群《しょうこうぐん》」状《じょう》態《たい》で、千鶴先生《ちづるせんせい》に怒《おこ》られたっけ……。でもこれでもう、「四羽《わ》」のモエツキの心配《しんぱい》はなし。

センターレッスンになっても、うれしいことは続《つづ》いた。それはプティ・ジャンプ、小《ちい》さなジャンプの組《く》み合《あ》わせのとき。

「プリエ、足《あし》の裏《うら》、全部《ぜんぶ》使《つか》って床《ゆか》を押《お》して、シャンジュマン……空中《くうちゅう》で五番《ばん》を見《み》せて……もっときれいな五番《ばん》入《はい》らない？」

右足前《みぎあしまえ》の五番《ばん》プリエから両脚《りょうあし》で踏《ふ》みきって、跳《と》んでいる間《あいだ》に脚《あし》の前後《ぜんご》を入《い》れ替《か》えて左足《ひだりあし》前《まえ》の五番《ばん》におりるシャンジュマンで、千鶴先生《ちづるせんせい》がわたしのほうを見《み》て「いいですよ。」と言《い》ったのだ。わたしの聞《き》きちがいか、実《じつ》はとなりの梨央《りお》を見《み》ていたか、でなければだけど。

今日《きょう》はこのまま一度《いちど》もどなられないでレッスンを終《お》われるかな？　と思《おも》ったとき、千鶴《ちづる》先生《せんせい》がまさかのひと言《こと》を口《くち》にした。

「今日《きょう》は久《ひさ》しぶりに、グラン・フェッテをやってみましょう。」

えーっ、そんな……せっかく今日《きょう》はいいレッスンだったのに、最後《さいご》の最後《さいご》でそんなこと言《い》いだすなんて。グラン・フェッテはむずかしい回転《かいてん》のパで、そう、「白鳥《はくちょう》の湖《みずうみ》」の第《だい》三幕《まく》の見《み》せ場《ば》、オディールが三十二回転《かいてん》する、あのグラン・フェッテ。ふだんのレッスンではあまりやらないけど、千鶴先生《ちづるせんせい》の気《き》まぐれで、だいたい二か月《げつ》に一回《かい》ぐらいやる。

四、五人《にん》のグループに分《わ》かれて、各自《かくじ》、グラン・フェッテを何回連続《なんかいれんぞく》でまわれるか挑戦《ちょうせん》するのだ。バランスをくずして回転《かいてん》が止《と》まってしまったり、両足《りょうあし》をついてしまったりしたら終《お》わり。これがわたしは大《だい》の苦手《にがて》！

フェッテは軸足《じくあし》でないほうの脚《あし》を前《まえ》から横《よこ》に大《おお》きくまわしながら回転《かいてん》するから、どうしても上半身《じょうはんしん》が引《ひ》っぱられてすぐ軸《じく》がブレてしまう。この間《あいだ》やったのはたしか今年《ことし》の始《はじ》めぐらいで、わたしは五、六回《かい》めあたりでバランスがくずれてきて、八回《かい》まわるのがやっとだった。

それも、なるべく同《おな》じ位置《いち》でまわり続《つづ》けなくちゃいけないのに、正面《しょうめん》の鏡《かがみ》のほうにどんどん移動《いどう》していってしまって、先生《せんせい》に「めい、そんなに前《まえ》に出《で》てきたら鏡《かがみ》に突《つ》っこんじゃうわよ！」なんて言《い》われたんだった……ああ、もうやらないで帰《かえ》りたい！

「さあ、何回《なんかい》まわれるか、挑戦《ちょうせん》ね……はい、上級生《じょうきゅうせい》から。」

まずさやかちゃんたちのグループが五人《にん》、センターに出《で》た。先生《せんせい》が「黒鳥《こくちょう》のグラン・

パ・ド・ドゥ」のコーダの音楽《おんがく》をかける。五番《ばん》からプレパレーション、準備《じゅんび》をして、いっせいに四番《ばん》プリエから踏《ふ》みきってまわりはじめる。

わあ……やっぱり上級生《じょうきゅうせい》はみんな上手《じょうず》。さやかちゃんは四回《かい》ごとにダブルを入《い》れて、それでもぜんぜん軸《じく》がブレずにきれいにまわってる。アン・ナヴァンからア・ラ・スゴンドをくり返《かえ》す腕《うで》のポジションも正確《せいかく》……あっという間《ま》に三十二回転《かいてん》まわりきった。さすがさやかちゃん！

次《つぎ》のグループは三十二回転《かいてん》できる人《ひと》はいなかったけど、二十五回《かい》とか、二十回《かい》とか、いちばん少《すく》ない人《ひと》でも十二、三回《かい》はまわれてる。はあ、どうしよう……先生《せんせい》、わたしたちのグループだけ忘《わす》れちゃったりしてくれないかな。

「はい次《つぎ》、最後《さいご》……めい、南《みなみ》、梨央《りお》、杏樹《あんじゅ》、どうぞー。」

わたしの願《ねが》いもむなしく、わたしたちの番《ばん》が来《き》た。回転《かいてん》ものの得意《とくい》な梨央《りお》はさっと前列《ぜんれつ》に行《い》き、そのとなりに杏樹《あんじゅ》がついた。わたしと南《みなみ》はなんとなく顔《かお》を見合《みあ》わせながら、のろのろと後列《こうれつ》についた。ああもう、当《あ》たってくだけろだ！

まわりはじめてすぐ、梨央《りお》が最初《さいしょ》ダブルを入《い》れたのが目《め》に入《はい》った。いい、人《ひと》のことは気《き》にしない。マイペースでがんばらなきゃ……。

あれっ？　なんだかこの間《あいだ》よりまわりやすい。五回《かい》、六回《かい》……今日《きょう》はなんだか調子《ちょうし》いいみたい、まだそんなにバランスがくずれてない。七回《かい》、八回《かい》……なぜかぜんぜんフラフラしない、まだまだまわれそう！
十二、十三、十四……そこでちょっと軸足《じくあし》がななめになってバランスがくずれちゃったけど、十六回《かい》までいった……！　やった！　でもどうしてだろう……前《まえ》は八回《かい》でも大変《たいへん》だったグラン・フェッテが、急《きゅう》に十六回《かい》もまわれるようになるなんて、うそみたい！
「あなたたち、今日《きょう》はずいぶん、調子《ちょうし》がよかったみたいね？」

調子《ちょうし》がいいのはわたしだけじゃなくて、南《みなみ》は十二回《かい》、杏樹《あんじゅ》は二十回《かい》、そして梨央《りお》ははじめて、なんとか三十二回転《かいてん》まわれたみたい。

「どうしてだと思《おも》う？」

キツネにつままれたようなわたしたちに、千鶴先生《ちづるせんせい》は手品《てじな》の種明《たねあ》かしをするように言《い》った。

「手《て》を組《く》んだまま踊《おど》る『四羽《わ》の白鳥《はくちょう》』を練習《れんしゅう》したことで、上半身《じょうはんしん》が強《つよ》くなって安定《あんてい》して、グラン・フェッテの軸《じく》がブレなくなったからよ。」

え、そういうことなの……？　回転《かいてん》のパなんてひとつも出《で》てこない「四羽《わ》の白鳥《はくちょう》」の練《れん》習《しゅう》が、グラン・フェッテの上達《じょうたつ》につながっていたなんて、思《おも》いもよらなかった。

「グラン・フェッテだけじゃない。ほかのパも……特《とく》に回転《かいてん》ものやジャンプなどのテクニックが上達《じょうたつ》しているはずよ。」

じゃあさっき、シャンジュマンで「いいですよ。」って言《い》われたのは本当《ほんとう》だったんだ。

そういえば最近《さいきん》、グラン・ジャンプを跳《と》ぶのもちょっとラクになってる気《き》がする。

「それから、気《き》づいてないかもしれないけど、四人《にん》とも、ポール・ド・ブラがよくなったわ。」

そうか……バーレッスンでポール・ド・ブラをほめられたのも「四羽《わ》」を一生懸命練習《いっしょうけんめいれんしゅう》したおかげだったんだ。ずっと手《て》をつないだままの踊《おど》りだったから、もしかしてポール・ド・ブラがヘタになってるかも？　なんて思《おも》ってたのに、その逆《ぎゃく》だったんだ。

「ポール・ド・ブラは、背中《せなか》や胴体《どうたい》の強《つよ》さで支《ささ》えて安定《あんてい》するものだから、知《し》らない間《あいだ》にきれいになってたってわけ。」

すごい……「四羽《わ》の白鳥《はくちょう》」を練習《れんしゅう》したら、知《し》らない間《あいだ》に上手《じょうず》になってるものがいっぱいあるなんて。クラシックバレエは、ひとつひとつのテクニックを切《き》りはなしては考《かんが》えられない、すべてはつながっているんだって、前《まえ》に千鶴先生《ちづるせんせい》が言《い》っていたけど、こういうことだったんだ。

今年《ことし》の初《はつ》レッスンで、もっとポール・ド・ブラを意識《いしき》して、子《こ》どもっぽい踊《おど》りを卒業《そつぎょう》することを目標《もくひょう》のひとつにしようと思《おも》った。「四羽《わ》」の練習《れんしゅう》がその第一歩《だいいっぽ》になってたなんて、うれしい……！　よしっ、この調子《ちょうし》で、もっとがんばろう！

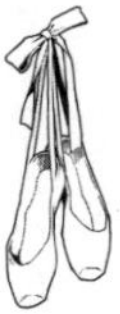

「めい、南《みなみ》、梨央《りお》、杏樹《あんじゅ》、ちょっとこれ、見《み》てくれる？」

レッスンが終《お》わって、クールダウンのストレッチをしていたとき、千鶴先生《ちづるせんせい》がこっちを向《む》いて手招《てまね》きした。わたしたちがモニターの前《まえ》に集《あつ》まると、先生《せんせい》は何《なに》も言《い》わずにＤＶＤ《ディーブイディー》を再生《さいせい》した。

青《あお》っぽい照明《しょうめい》の舞台《ぶたい》に、真《ま》っ白《しろ》のチュチュに白《しろ》い羽根《はね》の髪飾《かみかざ》りをつけて、手《て》をつないで出《で》てきたのは……わたしたち四人《にん》の「四羽《わ》の白鳥《はくちょう》」だ！　うれしい……でも、こんなにすぐ映像《えいぞう》が見《み》られるなんて思《おも》ってなかったから、心《こころ》の準備《じゅんび》ができてない。

「みんな、ちょっと緊張《きんちょう》してた？」

先生《せんせい》が笑《わら》いながら聞《き》いたので、わたしたちは苦笑《にがわら》いでうなずいた。たしかに、最初《さいしょ》のアンボアテの往復《おうふく》は全体《ぜんたい》にあせってバタバタしてる感《かん》じ。でもまだ始《はじ》まったばかりで元気《げんき》だから、みんな「甲《こう》がブラブラ」にはなってないかも。

「ああ、センターずれた。」

カトル、パッセのところで、梨央《りお》が小《ちい》さくつぶやく。

「大丈夫《だいじょうぶ》よ、これくらいなら……ほら、次《つぎ》でちゃんと修正《しゅうせい》してる。」

千鶴先生《ちづるせんせい》がフォローしてくれた。

シャッセ、アラベスク、脚《あし》をすり出《だ》す角度《かくど》と、顔《かお》の向《む》きはけっこうそろってる。アンボアテで上手奥《かみておく》に下《さ》がるところは、ちょっと四人《にん》の列《れつ》がでこぼこしちゃった。さあ、パ・ド・シャはどうかな……ああ、後《うし》ろから来《く》る左脚《ひだりあし》、やっぱりわたしだけちょっと内足《うちあし》で、みんなと角度《かくど》がちがう。

「練習《れんしゅう》を始《はじ》めたときは、この十六回《かい》パ・ド・シャでヘロヘロだったんだから、大進歩《だいしんぽ》ね。」

千鶴先生《ちづるせんせい》はきっと、わたしがアン・ドゥオールできてないのをわかってて、何《なに》も言《い》わないんだ。もう小《ちい》さい子《こ》みたいに、何度《なんど》も何度《なんど》も同《おな》じことをずーっと言《い》ってもらえるわけじゃない。ここからは自分《じぶん》で努力《どりょく》して克服《こくふく》していかなくちゃならないんだ。ドゥミ・アティテュードのアンボアテも、ピケのパッセも、この間《あいだ》ビデオで見《み》たときよりはいいけど……って感《かん》じ。

「どう？　自分《じぶん》たちで見《み》てみて。」

レヴェランスから下手《しもて》に引《ひ》っこむところまで見《み》て、先生《せんせい》は停止《ていし》ボタンを押《お》した。わたしは真《ま》っ暗《くら》になったモニターを見《み》たまま、力《ちから》なく首《くび》を横《よこ》に振《ふ》った。おどろいたのは、南《みなみ》も、梨央《りお》も、杏樹《あんじゅ》も、同《おな》じ反応《はんのう》だったこと。みんなはあんなにうまかったのに……でも、それぞれ、自分《じぶん》の踊《おど》りには、反省《はんせい》するところがあるんだろう。

「あら……先生《せんせい》はなかなかよかったと思《おも》うわよ。ねえ、さやか？」

え!?　わたしたち四人《にん》だけで見《み》てると思《おも》ったら……振《ふ》り返《かえ》るとそこにはさやかちゃんが

立《た》っていた。さやかちゃんはニコニコしてうなずいた。

「前《まえ》に一度《いちど》ビデオを撮《と》って見《み》たときより、ずっと上手《じょうず》になっていてびっくりしました。短《たん》期間《きかん》でこれだけそろえられるのは、やっぱり四人《にん》の気《き》が合《あ》ってるのかなって。」

落《お》ちこんでいたわたしたちも、さやかちゃんの笑顔《えがお》にすくわれたようにちょっと笑《わら》った。

「私《わたし》もそう思《おも》うわ……じゃあ、透《とおる》くんはどう？」

えー!? もう一度《いちど》振《ふ》り返《かえ》ってよく見《み》ると、いつの間《ま》にかスタジオに来《き》ていた透《とおる》くんがすぐ後《うし》ろの床《ゆか》でストレッチをしていた。うわーっ、透《とおる》くんまで見《み》てたの!? 恥《は》ずかしいー！

「よくそろっていてとてもよかったです。かわいい『四羽《わ》の白鳥《はくちょう》』になってましたね。」

透《とおる》くんはいつものバレエ王子《おうじ》のほほえみをたたえて言《い》った。あーあ、また優等生発言《ゆうとうせいはつげん》しちゃって！ 南《みなみ》と梨央《りお》と杏樹《あんじゅ》は真《ま》に受《う》けて喜《よろこ》んでるけど、わたしはだまされない。どうせあとで「四羽《わ》のアヒル」だのなんだのって、バカにするに決《き》まってるんだから。

でも……わたしは、透《とおる》くんのおかげで、「四羽《わ》の白鳥《はくちょう》」をあきらめずに踊《おど》れたんだ。あの雪《ゆき》の夜《よる》、透《とおる》くんが、ちがう道《みち》もある、最後《さいご》まであきらめるなって言《い》ってくれたから、わたしはあの舞台《ぶたい》に立《た》てたんだ。透《とおる》くんにとっては、もう忘《わす》れているようななんでもないことだろうけど、わたしは……そのお礼《れい》を言《い》いたい。

「あの……。」

南《みなみ》たちが更衣室《こういしつ》に行《い》ったあと、後《うし》ろのバーのところにトレーニング用《よう》のゴムチューブを引《ひ》っかけて、上半身《じょうはんしん》のストレッチをしていた透《とおる》くんに、思《おも》いきって声《こえ》をかけた。

「ありがとう、ございました……あの、『四羽《わ》』のこと、いろいろ……。」

あーもう、これじゃわけわかんない。こういうとき、もっと大人《おとな》っぽく、伝《つた》えたいことがスパッと言《い》えたらいいのに。透《とおる》くんは、は？　という顔《かお》をしてから、口《くち》をひんまげて笑《わら》って言《い》った。

「アヒルだのニワトリだの言《い》われてたけど、なんとかサマになったみたいだな。」

げ……わたしたちが千鶴先生《ちづるせんせい》にニワトリって言《い》われてたのも知《し》ってたんだ。もう、やっぱり完全《かんぜん》にバカにしてる！　すると、透《とおる》くんは腕《うで》からゴムチューブをはずして、こっちを見《み》て言《い》った。

「ああやってDVD《ディーブイディー》を見《み》て落《お》ちこむのは、自分《じぶん》のこと、実際以上《じっさいいじょう》にいいと思《おも》ってるからだろ。」

透《とおる》くんの言葉《ことば》にハッとした。ほんとにそうだ。前《まえ》よりはできることが増《ふ》えて、少《すこ》しはうまくなったような気《き》がしてた。でも、やっぱりまだまだなんだってことを見《み》せつけられたから落《お》ちこんだんだ。

「まあでも、今回《こんかい》はモエツキじゃないみたいだし……進歩《しんぽ》してるじゃん、いちおう。」

そうだ、「くるみ割《わ》り人形《にんぎょう》」が終《お》わったとき、透《とおる》くんは、カーテンコールでもう、次《つぎ》は何《なに》を踊《おど》りたいかを考《かんが》えてるって言《い》ってた。何《なん》か月《げつ》も練習《れんしゅう》して本番《ほんばん》は一度《ど》だけ。だからこそ、いつも前《まえ》を向《む》いていなければいけないって、教《おそ》わったんだ。

そう思《おも》うと、わたしはいつも透《とおる》くんに助《たす》けられてる。あんなにイジワルばっかり言《い》われてるのに、なんで……？　ああ、なんかモヤモヤしてヘンな気持《きも》ち！

「めい――！　また透《とおる》くんとしゃべってたでしょ！」

みんなに遅《おく》れて更衣室《こういしつ》に入《はい》ると、いきなり南《みなみ》が詰《つ》め寄《よ》ってきた。あちゃー、見《み》られてたんだ。

「え!?　ぜんぜん……っていうか、ほんのちょっとだけ……。」

「もう、うちがバレエ休《やす》んでいる間《あいだ》に透《とおる》くんとこれ以上《いじょう》仲《なか》よくなったら許《ゆる》さないからね！」

「そんなわけ……。」

ないじゃん、と言《い》いかけて、わたしはハッと口《くち》をつぐんだ。今《いま》、南《みなみ》が言《い》った言葉《ことば》を、もう一度《いちど》心《こころ》の中《なか》でくり返《かえ》した。「うちがバレエ休《やす》んでいる間《あいだ》に」って、どういうことだろう？　すると南《みなみ》は、めずらしくまじめな顔《かお》をして、言《い》った。

「決《き》めてたんだ。フェスティバルが終《お》わったら、受験《じゅけん》が終《お》わるまでバレエを休《やす》んで、勉強《べんきょう》に集中《しゅうちゅう》するって。」

何《なに》か言《い》わなくちゃ、と思《おも》ったけど、何《なに》も言葉《ことば》が出《で》てこない。そばで聞《き》いていた梨央《りお》と杏《あん》樹《じゅ》も、心配《しんぱい》そうな顔《かお》で輪《わ》に加《くわ》わった。

「だから、今日《きょう》が最後《さいご》のレッスン。もっと早《はや》く言《い》おうと思《おも》ったけど……『四羽《わ》』が終《お》わるまではそのこと、考《かん》えたくなかったから。」

南《みなみ》はもう吹《ふ》っ切《き》れているように笑《わら》った。わたしだって、南《みなみ》が受験《じゅけん》に向《む》けて、バレエをどうするのか、考《かんが》えたことないわけじゃなかった。しばらくこのままがんばるのか、レッスンの回数《かいすう》を減《へ》らすのか……でもシオリンが言《い》ってたように、今《いま》から中学受験合格《ちゅうがくじゅけんごうかく》を目指《めざ》すのは、並大抵《なみたいてい》のことじゃないはず。「四羽《わ》」を練習《れんしゅう》しているときから、ちらちら気《き》になっていたけど、考《かんが》えないようにしてたんだ。

「でも、せめて私《わたし》たちだけには言《い》ってくれても……水《みず》くさいじゃない。」

梨央《りお》がブツブツ言《い》うと、杏樹《あんじゅ》がヘンな顔《かお》をして首《くび》をかしげた。

「ミズクサイ!?　どういう意味《いみ》？」

「ええと、水《みず》くさいっていうのは……よそよそしい……親《した》しいのに親《した》しくないみたいにする、ってことかな。」

「それで、水《みず》がくさい!?　オーノー、日本語《にほんご》、むずかしいね！」

南《みなみ》は頭《あたま》を抱《かか》える杏樹《あんじゅ》を見《み》て笑《わら》うと、明《あか》るく言《い》った。

「でもさあ、バレエやめるわけでもないのに、しんみりするのもイヤじゃない？」

それでも梨央《りお》はまだ納得《なっとく》いかないって顔《かお》してる。

「もうちょっと早《はや》くわかってれば、三人《にん》で受験《じゅけん》のお守《まも》りとか、選《えら》びたかったのに。」

ふだん、「お守《まも》りなんて信《しん》じない。」って言《い》ってる梨央《りお》が、そんな気持《きも》ちになったんだ。

南《みなみ》のこと、それだけ大切《たいせつ》に思《おも》ってるんだと、わたしはちょっとうれしくなった。

「それなら大丈夫《だいじょうぶ》。うち、最強《さいきょう》のお守《まも》り持《も》ってるから!」

そう言《い》って、南《みなみ》はトウシューズケースから何《なに》か取《と》り出《だ》してわたしに差《さ》し出《だ》した。

「はい!」

南《みなみ》がぱっと開《ひら》いた手《て》のひらには、きらきら光《ひか》るオーナメントがあった。千鶴先生《ちづるせんせい》がくれたわたしが舞台袖《ぶたいそで》でなくしてしまったオーナメント。

「これ、めいのだよ。」

南《みなみ》、どういう意味《いみ》……?

「え!?」

わたしは何《なに》がなんだかわからず、大《おお》きな声《こえ》

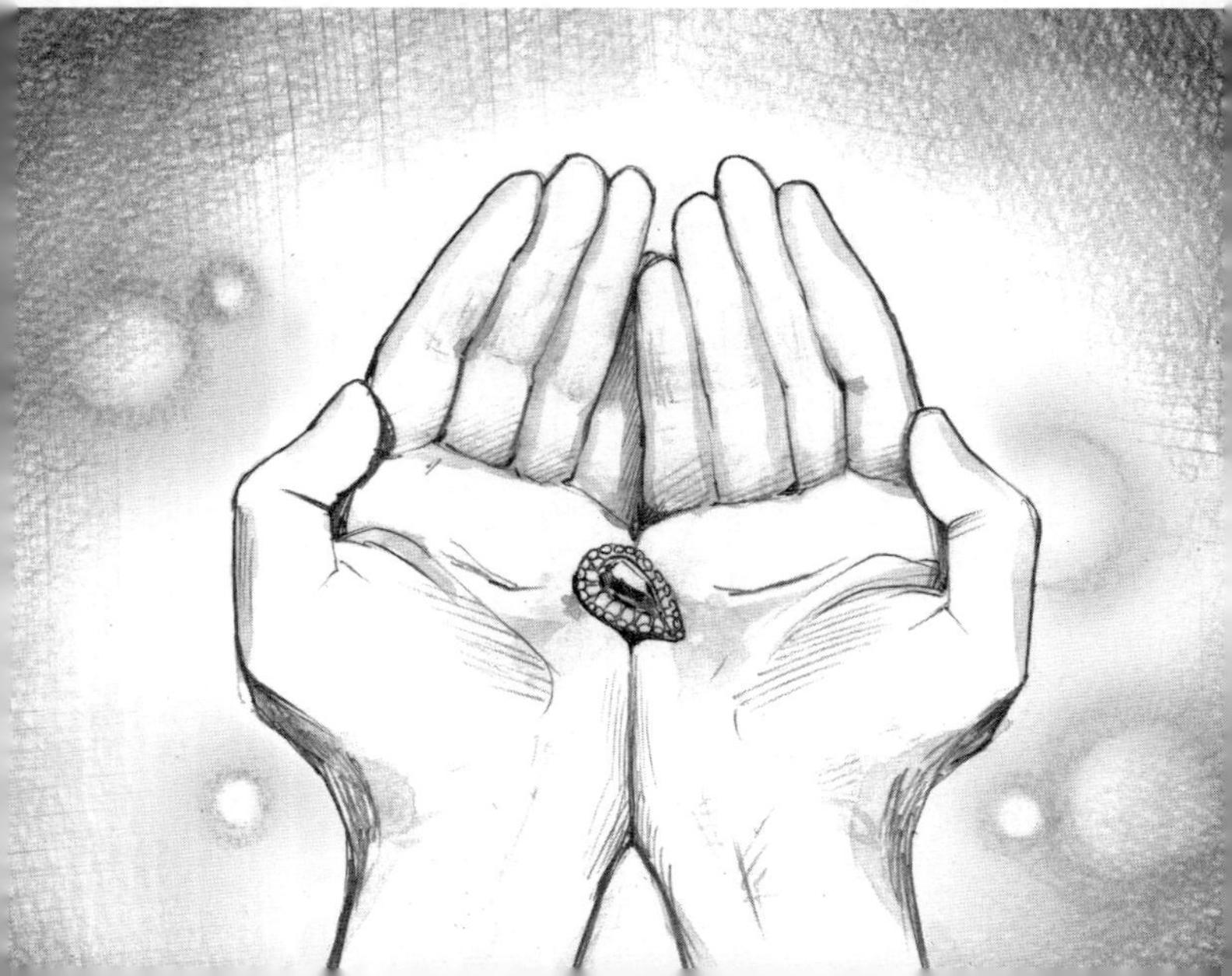

を出《だ》してしまった。

「ほら、うちのはこれだもん。」

南《みなみ》はトウシューズケースにつけた自分《じぶん》のオーナメントをわたしのほうに見《み》せた。ほんとだ……見《み》ると、梨央《りお》のトウシューズケースにも杏樹《あんじゅ》のトウシューズケースにも、オーナメントがついてる。わたしは目《め》をこすって、もう一度《いちど》オーナメントを数《かぞ》えた。一、二、三、四……見《み》まちがいじゃない、ちゃんと四つある……！

「本当《ほんとう》にわたしのなの……？」

梨央《りお》と杏樹《あんじゅ》もびっくりして目《め》をまるくしてる。まだ信《しん》じられないわたしに、南《みなみ》は言《い》った。

「どこで見《み》つけたと思《おも》う？」

わたしは見当《けんとう》もつかなくて、首《くび》を横《よこ》に振《ふ》った。すると南《みなみ》はにっと笑《わら》って言《い》った。

「なんと、うちのトウシューズケースから出《で》てきたの！　家《いえ》に帰《かえ》ってからポロッて。」

うそ……！　たしかにあのとき、四人《にん》のトウシューズケースは舞台袖《ぶたいそで》に置《お》いてたけど、まさか……。

「It's a miracle!《イッツアミラクル》」

杏樹《あんじゅ》が叫《さけ》んだ。

「ほんと、奇跡《きせき》だよ！　あのとき、ぶつかった拍子《ひょうし》に、ちょうどここに入《はい》ったなんて。」

梨央《りお》も、南《みなみ》のトウシューズケースをつかんで言《い》った。わたしは、南《みなみ》から渡《わた》されたオーナメントをじっと見《み》つめた。奇跡《きせき》だ……わたしたちのために、神様《かみさま》が奇跡《きせき》を起《お》こしてくれたんだ。

「だから受験《じゅけん》だって、きっと大丈夫《だいじょうぶ》だよ。だって、こんな最強《さいきょう》のお守《まも》り、ないでしょ!?」

南《みなみ》はすっきりとした笑顔《えがお》で言《い》った。

「受験終《じゅけんお》わったら、ぜったいすぐ戻《もど》ってくるからね。」

わたしたちは、誰《だれ》からともなく、四人《にん》で手《て》をにぎりあった。「四羽《わ》」のときも、ずっとつないでいた手《て》と手《て》を、一度《いちど》はなさなきゃいけないときが来《き》たんだ。

「うん、待《ま》ってる。」

「一年《ねん》もかからないんだし、すぐだよ、すぐ。」

「勉強《べんきょう》、がんばって！」

わたしたちの言葉《ことば》に南《みなみ》はひとつひとつうなずいたけど、もう何《なに》も言《い》わなかった。あとひと言《こと》でもしゃべったら、南《みなみ》もわたしたちも泣《な》いてしまいそうだった。

笑顔《えがお》で帰《かえ》っていく南《みなみ》を見送《みおく》りながら思《おも》った。南《みなみ》は勉強《べんきょう》をがんばって、きっといっぱい成《せい》長《ちょう》して、ここに戻《もど》ってくる。それまでに、わたしも負《ま》けないぐらい成長《せいちょう》するんだ。バレエも、勉強《べんきょう》も、家《いえ》のことも、ほかのいろんなことも、一生懸命《いっしょうけんめい》がんばろう。きっとそれが、わたしが南《みなみ》を応援《おうえん》することになるんだと思《おも》うから。

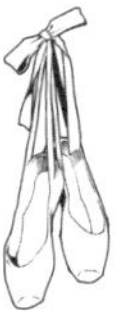

「ただいま――！」
玄関《げんかん》のドアを勢《いきお》いよく開《あ》けると、キッチンからカレーのいいにおいがした。お母《かあ》さん、お正月《しょうがつ》以来《いらい》、なぜかカレーにこっちゃって、最近《さいきん》、週《しゅう》に一度《ど》は作《つく》ってる。
「お帰《かえ》りー！」
ジュンがいつものように、リビングから廊下《ろうか》に走《はし》り出《で》てきた。

「めいちゃん、聞《き》いて、聞《き》いて！　あのね……。」

ジュンが得意《とくい》そうな顔《かお》をしたので、わたしは先《さき》まわりして言《い》った。

「ああ、また、なんのカレーかって、クイズでしょ？　ちょっと待《ま》ってね、ええと……わかった！　ツナとキャベツのカレーでしょ。」

「当《あ》たりー！　って、ちがうちがう、クイズじゃなくて、ジュン、めいちゃんに話《はなし》があるの。」

ん？　ジュンがあらたまってわたしに話《はなし》があるなんて、めずらしい。なんだろう？　わたしが手《て》を洗《あら》ってリビングに入《はい》っていくと、ジュンが待《ま》ちきれないように言《い》った。

「めいちゃん、ジュン……バレエ習《なら》いたい！」

え!?　サッカー少女《しょうじょ》のジュンが、バレエを習《なら》いたいって……いったい、どういうこと!?

（終《お》わり）

あとがき

こんにちは、梅田《うめだ》みかです。

『エトワール！　２　羽《は》ばたけ！　四羽《わ》の白鳥《はくちょう》』を手《て》に取《と》ってくださって、ありがとうございます。

このシリーズの第《だい》一作《さく》『エトワール！　１　くるみ割《わ》り人形《にんぎょう》の夢《ゆめ》』を読《よ》んでくださったみなさんから、たくさんのメッセージをいただきました。

バレエを習《なら》っている子《こ》も、習《なら》ったことのない子《こ》も、バレエをがんばるめいを応援《おうえん》してくれて、とてもうれしかったです。そして、ピアノや水泳《すいえい》、ダンス、英語《えいご》、いろいろな楽器《がっき》やスポーツ……それぞれ、打《う》ちこんでいることは違《ちが》っても、一生懸命《いっしょうけんめい》がんばる気持《きも》ちは同《おな》じなんだなあと、感動《かんどう》しました。

この本《ほん》に登場《とうじょう》するバレエ「白鳥《はくちょう》の湖《みずうみ》」は、一巻《かん》に出《で》てきた「くるみ割《わ》り人形《にんぎょう》」とならぶクラシックバレエの名作《めいさく》です。ぜひ、機会《きかい》があったら一度《いちど》観《み》ていただきたい、素晴《すば》らしい舞台《ぶたい》です。

わたしもバレエを習《なら》っていたとき、めいたちが踊《おど》った「四羽《わ》の白鳥《はくちょう》」と、白鳥《はくちょう》のコール・ド・バレエを踊《おど》ったことがあるのですが、観《み》るのとやるのとでは大違《おおちが》い！　優雅《ゆうが》なんてとても程遠《ほどとお》くて、先生《せんせい》に叱《しか》られてばかりでした。

でも、大人《おとな》になってみると、あんなに大好《だいす》きなバレエに一生懸命《いっしょうけんめい》打ちこめたことは、わたしにとってきらきら光《ひか》る宝物《たからもの》のような時間《じかん》だったと心《こころ》から思《おも》います。

みなさんも、長《なが》くひとつのことをがんばっていると、楽《たの》しいことやうれしいことばかりでなく、つらいことや苦《くる》しいこともあるでしょう。

そんなとき、バレエを通《とお》して落《お》ち込《こ》んだり悩《なや》んだりしながらがんばるめいのことを思《おも》い出《だ》して、「よし、明日《あした》もがんばろう！」という気持《きも》ちになってくれたら、こんなにうれしいことはありません。

「エトワール！」はこれからも続《つづ》いていきますので、楽《たの》しみにしていてくださいね。さあ、次《つぎ》の舞台《ぶたい》で、めいたちは何《なに》を踊《おど》るでしょうか!?

二〇一七年《ねん》　春《はる》

梅田《うめだ》みか

『エトワール!』第《だい》3巻《かん》は、
ロマンティックな「眠《ねむ》れる森《もり》の美女《びじょ》」の
踊《おど》りが登場《とうじょう》します。読《よ》んでね!

＊著者紹介

梅田《うめだ》みか

作家・脚本家。東京生まれ。慶應義塾大学文学部卒業。小説、エッセイのほか、人気テレビドラマの脚本を多く手掛けている。幼少期より橘バレヱ学校にてクラシックバレエを習う。小説『海と真珠』（ハルキ文庫）はその経験が生かされた本格的バレエ小説。バレエのほか、フィギュアスケートにも造詣が深い。

＊画家紹介

結布《ゆう》

イラストレーター。雑誌や書籍の挿絵、装画、漫画などで活躍中。『メニメニハート』（講談社青い鳥文庫）、「100％ガールズ」シリーズ（講談社YA! ENTERTAINMENT）、漫画の仕事に『闇の守り人』（朝日新聞出版）などがある。

取材協力／
岩本《いわもと》　桂《けい》Kei Ballet Arts（桂バレエアーツ）主宰
松村《まつむら》とも子《こ》（パティオダンススクール）

この作品は書き下ろしです。

講談社　青い鳥文庫　　317-2

エトワール！　2

羽《は》ばたけ！　四羽《わ》の白鳥《はくちょう》

梅田《うめだ》みか

2017年５月15日　第１刷発行
2018年１月９日　第３刷発行

（定価はカバーに表示してあります。）

発行者　鈴木　哲

発行所　株式会社講談社

東京都文京区音羽2-12-21　郵便番号112-8001

電話　編集（03）5395-3536
販売（03）5395-3625
業務（03）5395-3615

N.D.C.913　228p　18cm

装　丁　田辺有美（La Chica）
久住和代

印　刷　図書印刷株式会社

製　本　図書印刷株式会社

本文データ制作　講談社デジタル製作

ISBN978-4-06-285625-6

おもしろい話がいっぱい！

黒魔女さんが通る!! シリーズ

- 黒魔女さんが通る!!(0)～(20)　石崎洋司
- 6年1組 黒魔女さんが通る!!(01)～(03)　石崎洋司
- 黒魔女の騎士ギューバッド（全3巻）　石崎洋司
- 魔女学校物語(1)～(3)　石崎洋司

- おっことチョコの魔界ツアー　令丈ヒロ子／石崎洋司
- 恋のギュービッド大作戦！　令丈ヒロ子／石崎洋司
- 魔リンピックでおもてなし　令丈ヒロ子／石崎洋司

若おかみは小学生！ シリーズ

- 若おかみは小学生！(1)～(20)　令丈ヒロ子
- おっこのTAIWANおかみ修業！　令丈ヒロ子
- 若おかみは小学生！スペシャル短編集(1)～(2)　令丈ヒロ子

アイドル・ことまり！ シリーズ

- 温泉アイドルは小学生！(1)～(3)　令丈ヒロ子
- アイドル・ことまり！(1)　令丈ヒロ子
- メニメニハート　令丈ヒロ子

妖界《ようかい》ナビ・ルナ シリーズ

- 妖界ナビ・ルナ(1)～(3)　池田美代子
- 新 妖界ナビ・ルナ(1)～(11)　池田美代子

劇部《げきぶ》ですから！ シリーズ

- 劇部ですから！(1)　池田美代子

摩訶不思議《まかふしぎ》ネコ・ムスビ シリーズ

- 秘密のオルゴール　池田美代子
- 迷宮のマーメイド　池田美代子
- 虹の国バビロン　池田美代子
- 海辺のラビリンス　池田美代子
- 幻の谷シャングリラ　池田美代子
- 太陽と月のしずく　池田美代子
- 氷と霧の国トゥーレ　池田美代子
- 白夜のプレリュード　池田美代子
- 黄金の国エルドラド　池田美代子
- 砂漠のアトランティス　池田美代子
- 冥府の国ラグナロータ　池田美代子
- 遥かなるニキラアイナ　池田美代子
- 海色のANGEL《エンジェル》(1)～(5)　池田美代子／作　手塚治虫／原案
- 13歳は怖い　池田美代子　辻みゆき　伊藤クミコ　にかいどう青

龍神王子《ドラゴン・プリンス》！シリーズ

龍神王子《ドラゴン・プリンス》！(1)〜(9)　宮下恵茉

パティシエ☆すばるシリーズ

パティシエになりたい！　つくもようこ
ラズベリーケーキの罠《わな》　つくもようこ
記念日のケーキ屋さん　つくもようこ
誕生日ケーキの秘密　つくもようこ
ウエディングケーキ大作戦！　つくもようこ
キセキのチョコレート　つくもようこ
チーズケーキのめいろ　つくもようこ
夢のスイーツホテル　つくもようこ
はじまりのいちごケーキ　つくもようこ
おねがい！　カンノーリ　つくもようこ
パティシエ・コンテスト！(1)　つくもようこ

ふしぎ古書店シリーズ

ふしぎ古書店(1)〜(5)　にかいどう青

獣《けもの》の奏者《そうじゃ》シリーズ

獣の奏者(1)〜(8)　上橋菜穂子
物語ること、生きること　上橋菜穂子／著　瀧晴巳／文・構成

パセリ伝説 水の国の少女(1)〜(12)　倉橋燿子
パセリ伝説外伝 守り石の予言　倉橋燿子
ポレポレ日記《ダイアリー》(1)〜(5)　倉橋燿子
地獄堂霊界通信(1)〜(2)　香月日輪
妖怪アパートの幽雅《ゆうが》な日常　香月日輪

予知夢がくる！(1)〜(6)　東多江子
フェアリーキャット(1)〜(3)　東多江子
魔法職人たんぽぽ(1)〜(3)　佐藤まどか
ユニコーンの乙女(1)〜(3)　牧野礼
それが神サマ!?(1)〜(3)　橘もも
プリ・ドリ(1)〜(2)　たなかりり
放課後ファンタスマ！(1)〜(3)　桜木日向
放課後おばけストリート(1)〜(2)　桜木日向

学校の怪談 ベストセレクション　常光徹

宇宙人のしゅくだい　小松左京

空中都市008　小松左京
青い宇宙の冒険　小松左京
ねらわれた学園　眉村卓

おもしろい話がいっぱい！

泣いちゃいそうだよ シリーズ

泣いちゃいそうだよ　小林深雪
もっと泣いちゃいそうだよ　小林深雪
いいこじゃないよ　小林深雪
ひとりじゃないよ　小林深雪
ほんとは好きだよ　小林深雪
かわいくなりたい　小林深雪
ホンキになりたい　小林深雪
いっしょにいようよ　小林深雪
もっとかわいくなりたい　小林深雪
夢中になりたい　小林深雪
信じていいの？　小林深雪
きらいじゃないよ　小林深雪
ずっといっしょにいようよ　小林深雪
やっぱりきらいじゃないよ　小林深雪
大好きがやってくる 七星《ななせ》編　小林深雪
大好きをつたえたい 北斗《ほくと》編　小林深雪
大好きな人がいる 北斗《ほくと》&七星《ななせ》編　小林深雪
泣いてないってば！　小林深雪
神様しか知らない秘密　小林深雪
七つの願いごと　小林深雪
転校生は魔法使い　小林深雪
わたしに魔法が使えたら　小林深雪
天使が味方についている　小林深雪
女の子ってなんでできてる？　小林深雪
男の子ってなんでできてる？　小林深雪
ちゃんと言わなきゃ　小林深雪
もしきみが泣いたら　小林深雪
魔法の一瞬で好きになる　小林深雪
作家になりたい！(1)　小林深雪

トキメキ♥図書館 シリーズ

トキメキ♥図書館(1)〜(14)　服部千春
たまたま　たまちゃん　服部千春

生活向上委員会！ シリーズ

生活向上委員会！(1)〜(4)　伊藤クミコ

エトワール！ シリーズ

エトワール！(1)〜(2)　梅田みか

DAYS《デイズ》 シリーズ

DAYS(1)　安田剛士／原作　石崎洋司／文

おしゃれプロジェクト(1)　MIKA POSA
air《エア》 だれも知らない5日間　名木田恵子
初恋×12歳　名木田恵子
友恋×12歳　名木田恵子
ドラキュラの町で、二人は　名木田恵子
ぼくはすし屋の三代目　佐川芳枝

氷の上のプリンセス シリーズ

氷の上のプリンセス(1)〜(9)　風野 潮

探偵チームKZ《カッズ》事件ノート シリーズ

消えた自転車は知っている　藤本ひとみ／原作　住滝 良／文
切られたページは知っている　藤本ひとみ／原作　住滝 良／文
キーホルダーは知っている　藤本ひとみ／原作　住滝 良／文
卵ハンバーグは知っている　藤本ひとみ／原作　住滝 良／文
緑の桜は知っている　藤本ひとみ／原作　住滝 良／文
シンデレラ特急は知っている　藤本ひとみ／原作　住滝 良／文
シンデレラの城は知っている　藤本ひとみ／原作　住滝 良／文
クリスマスは知っている　藤本ひとみ／原作　住滝 良／文
裏庭は知っている　藤本ひとみ／原作　住滝 良／文
初恋は知っている 若武編　藤本ひとみ／原作　住滝 良／文
天使が知っている　藤本ひとみ／原作　住滝 良／文
バレンタインは知っている　藤本ひとみ／原作　住滝 良／文
ハート虫は知っている　藤本ひとみ／原作　住滝 良／文
お姫さまドレスは知っている　藤本ひとみ／原作　住滝 良／文
青いダイヤが知っている　藤本ひとみ／原作　住滝 良／文
赤い仮面は知っている　藤本ひとみ／原作　住滝 良／文
黄金の雨は知っている　藤本ひとみ／原作　住滝 良／文
七夕姫は知っている　藤本ひとみ／原作　住滝 良／文
消えた美少女は知っている　藤本ひとみ／原作　住滝 良／文
妖怪パソコンは知っている　藤本ひとみ／原作　住滝 良／文
本格ハロウィンは知っている　藤本ひとみ／原作　住滝 良／文
アイドル王子は知っている　藤本ひとみ／原作　住滝 良／文
学校の都市伝説は知っている　藤本ひとみ／原作　住滝 良／文
危ない誕生日ブルーは知っている　藤本ひとみ／原作　住滝 良／文

妖精チームG《ジェニ》事件ノート シリーズ

クリスマスケーキは知っている　藤本ひとみ／原作　住滝 良／文
星形クッキーは知っている　藤本ひとみ／原作　住滝 良／文
5月ドーナツは知っている　藤本ひとみ／原作　住滝 良／文

マリー・アントワネット物語(上)(中)(下)　藤本ひとみ
新島八重物語《にいじまやえものがたり》 幕末《ばくまつ》・維新《いしん》の銃姫《じゅうき》　藤本ひとみ

戦国武将物語 シリーズ

織田信長《おだのぶなが》 炎の生涯　小沢章友
豊臣秀吉《とよとみひでよし》 天下の夢　小沢章友
徳川家康《とくがわいえやす》 天下太平　小沢章友
黒田官兵衛《くろだかんべえ》 天下一の軍師　小沢章友
武田信玄《たけだしんげん》と上杉謙信《うえすぎけんしん》　小沢章友
真田幸村《さなだゆきむら》 風雲！ 真田丸　小沢章友
大決戦！ 関ケ原《せきがはら》　小沢章友
徳川四天王《とくがわしてんのう》　小沢章友
飛べ！ 龍馬《りょうま》 坂本龍馬物語　小沢章友
源氏物語《げんじものがたり》 あさきゆめみし(1)〜(5)　大和和紀／原作　時海結以／文
平家物語《へいけものがたり》 夢を追う者　時 海 結 以
竹取物語《たけとりものがたり》 蒼き月のかぐや姫　時 海 結 以
枕草子《まくらのそうし》 清少納言のかがやいた日々　時 海 結 以
南総里見八犬伝《なんそうさとみはっけんでん》(1)〜(3)　曲亭馬琴／原作　時海結以／文
真田十勇士《さなだじゅうゆうし》　時 海 結 以
雨月物語《うげつものがたり》　上田秋成／原作　時海結以／文

おもしろい話がいっぱい！

コロボックル物語

- だれも知らない小さな国　佐藤さとる
- 豆つぶほどの小さないぬ　佐藤さとる
- 星からおちた小さな人　佐藤さとる
- ふしぎな目をした男の子　佐藤さとる
- 小さな国のつづきの話　佐藤さとる
- コロボックル童話集　佐藤さとる
- 小さな人のむかしの話　佐藤さとる

モモちゃんとアカネちゃんの本

- ちいさいモモちゃん　松谷みよ子
- モモちゃんとプー　松谷みよ子
- モモちゃんとアカネちゃん　松谷みよ子
- ちいさいアカネちゃん　松谷みよ子
- アカネちゃんとお客さんのパパ　松谷みよ子
- アカネちゃんのなみだの海　松谷みよ子

- 龍の子太郎　松谷みよ子
- ふたりのイーダ　松谷みよ子

クレヨン王国 シリーズ

- クレヨン王国の十二か月　福永令三
- クレヨン王国の花ウサギ　福永令三
- クレヨン王国　新十二か月の旅　福永令三
- クレヨン王国　いちご村　福永令三
- クレヨン王国　超特急24色ゆめ列車　福永令三
- クレヨン王国　黒の銀行　福永令三

キャプテン シリーズ

- キャプテンはつらいぜ　後藤竜二
- キャプテン、らくにいこうぜ　後藤竜二
- キャプテンがんばる　後藤竜二

- 霧のむこうのふしぎな町　柏葉幸子

- 地下室からのふしぎな旅　柏葉幸子
- 天井うらのふしぎな友だち　柏葉幸子
- りんご畑の特別列車　柏葉幸子
- かくれ家は空の上　柏葉幸子
- ふしぎなおばあちゃん×12　柏葉幸子
- 大どろぼうブラブラ氏　角野栄子
- でかでか人とちびちび人　立原えりか
- ユタとふしぎな仲間たち　三浦哲郎
- さすらい猫ノアの伝説(1)〜(2)　重松 清
- 少年H(上)(下)　妹尾河童
- 南の島のティオ　池澤夏樹
- ぼくらのサイテーの夏　笹生陽子
- 楽園のつくりかた　笹生陽子
- リズム　森 絵都
- DIVE《ダイブ》!!(1)〜(4)　森 絵都
- 十一月の扉　高楼方子
- ロードムービー　辻村深月
- 十二歳　椰月美智子
- しずかな日々　椰月美智子
- 旅猫リポート　有川 浩
- 幕が上がる　平田オリザ／原作　喜安浩平／脚本　古閑万希子／文
- ルドルフとイッパイアッテナ 映画ノベライズ　斉藤 洋／原作　加藤陽一／脚本　桜木日向／文
- 超高速！参勤交代 映画ノベライズ　土橋章宏／脚本　時海結以／文

講談社　青い鳥文庫

日本の名作

源氏物語　紫　式　部
平家物語　高野正巳
坊っちゃん　夏目漱石

吾輩は猫である(上)(下)　夏目漱石
くもの糸・杜子春　芥川龍之介
伊豆の踊子・野菊の墓　川端康成／伊藤左千夫
宮沢賢治童話集
1 注文の多い料理店　宮沢賢治
2 風の又三郎　宮沢賢治
3 銀河鉄道の夜　宮沢賢治
4 セロひきのゴーシュ　宮沢賢治
耳なし芳一・雪女　小泉八雲
舞姫　森　鷗外
次郎物語(上)(下)　下村湖人
走れメロス　太宰　治
怪人二十面相　江戸川乱歩
少年探偵団　江戸川乱歩
二十四の瞳　壺井　栄
ごんぎつね　新美南吉

ノンフィクション

ほんとうにあった話

川は生きている　富山和子
道は生きている　富山和子
森は生きている　富山和子
お米は生きている　富山和子
海は生きている　富山和子
窓ぎわのトットちゃん　黒柳徹子

トットちゃんとトットちゃんたち　黒柳徹子
五体不満足　乙武洋匡
白旗の少女　比嘉富子
飛べ！　千羽づる　手島悠介
マザー・テレサ　沖　守弘
ピカソ　岡田好惠
ヘレン・ケラー物語　東　多江子
アンネ・フランク物語　小山内美江子
サウンド・オブ・ミュージック　谷口由美子
しっぽをなくしたイルカ　岩貞るみこ
命をつなげ！　ドクターヘリ　岩貞るみこ
ハチ公物語　岩貞るみこ
ゾウのいない動物園　岩貞るみこ
青い鳥文庫ができるまで　岩貞るみこ
もしも病院に犬がいたら　岩貞るみこ
読書介助犬オリビア　今西乃子
しあわせになった捨てねこ　今西乃子／原案　青い鳥文庫／編
はたらく地雷探知犬　大塚敦子
タロとジロ 南極で生きぬいた犬　東　多江子
盲導犬不合格物語　沢田俊子
世界一のパンダファミリー　神戸万知
海よりも遠く　白石康次郎／原案　和智正喜
ぼくは「つばめ」のデザイナー　水戸岡鋭治
ほんとうにあった オリンピックストーリーズ　日本オリンピック・アカデミー／監修
ほんとうにあった 戦争と平和の話　野上　暁／監修
ピアノはともだち 奇跡のピアニスト 辻井伸行の秘密　こうやまのりお
ウォルト・ディズニー伝記　ビル・スコロン

おもしろい話がいっぱい!

パスワード シリーズ

パスワードは、ひ・み・つ new　松原秀行
パスワードのおくりもの new　松原秀行
パスワードに気をつけて new　松原秀行
パスワード謎旅行 new　松原秀行
パスワードとホームズ4世 new　松原秀行
続・パスワードとホームズ4世 new　松原秀行
パスワード「謎《パズル》」ブック　松原秀行
パスワード vs.紅カモメ　松原秀行
パスワードで恋をして　松原秀行
パスワード龍《ドラゴン》伝説　松原秀行
パスワード魔法都市　松原秀行
パスワード春夏秋冬(上)(下)　松原秀行
魔法都市外伝 パスワード幽霊ツアー　松原秀行
パスワード地下鉄ゲーム　松原秀行
パスワード四百年パズル「謎《パズル》」ブック2　松原秀行
パスワード菩薩崎決戦　松原秀行
パスワード風浜クエスト　松原秀行
パスワード忍びの里 卒業旅行編　松原秀行
パスワード怪盗ダルジュロス伝　松原秀行
パスワード悪魔の石　松原秀行
パスワードダイヤモンド作戦!　松原秀行
パスワード悪の華　松原秀行
パスワード ドードー鳥の罠《わな》　松原秀行
パスワード レイの帰還　松原秀行
パスワード まぼろしの水　松原秀行
パスワード 終末大予言　松原秀行
パスワード 暗号バトル　松原秀行
パスワード外伝 猫耳探偵まどか　松原秀行
パスワード外伝 恐竜パニック　松原秀行
パスワード 渦巻き少女《ガール》　松原秀行
パスワード 東京パズルデート　松原秀行
パスワード UMA《ユーマ》騒動　松原秀行
パスワード はじめての事件　松原秀行
パスワード 探偵スクール　松原秀行
パスワード 学校の怪談　松原秀行

名探偵 夢水清志郎 シリーズ

そして五人がいなくなる　はやみねかおる
亡霊《ゴースト》は夜歩く　はやみねかおる
消える総生島　はやみねかおる
魔女の隠れ里　はやみねかおる
機巧館《からくりやかた》のかぞえ唄　はやみねかおる
踊る夜光怪人　はやみねかおる
ギヤマン壺の謎　はやみねかおる
徳利長屋の怪　はやみねかおる
人形は笑わない　はやみねかおる
「ミステリーの館」へ、ようこそ　はやみねかおる
あやかし修学旅行 鵺《ぬえ》のなく夜　はやみねかおる
笛吹き男とサクセス塾の秘密　はやみねかおる
オリエント急行とパンドラの匣《ケース》　はやみねかおる
ハワイ幽霊城の謎　はやみねかおる
卒業 開かずの教室を開けるとき　はやみねかおる
名探偵 vs.怪人幻影師　はやみねかおる
名探偵 vs.学校の七不思議　はやみねかおる
名探偵と封じられた秘宝　はやみねかおる

怪盗クイーン シリーズ

怪盗クイーンはサーカスがお好き　はやみねかおる
怪盗クイーンの優雅な休暇《バカンス》　はやみねかおる

怪盗クイーンと魔窟王《まくつおう》の対決　はやみねかおる
怪盗クイーン、仮面舞踏会にて　はやみねかおる
怪盗クイーンに月の砂漠を　はやみねかおる
怪盗クイーン、かぐや姫は夢を見る　はやみねかおる
怪盗クイーンと悪魔の錬金術師《れんきんじゅつし》　はやみねかおる
怪盗クイーンと魔界の陰陽師《おんみょうじ》　はやみねかおる
ブラッククイーンは微笑《ほほえ》まない　はやみねかおる
怪盗道化師《ピエロ》　はやみねかおる
バイバイ スクール　はやみねかおる
オタカラウォーズ　はやみねかおる
少年名探偵WHO《フー》 透明人間事件　はやみねかおる
少年名探偵虹北恭助の冒険　はやみねかおる
ぼくと未来屋の夏　はやみねかおる
恐竜がくれた夏休み　はやみねかおる
復活!! 虹北学園文芸部　はやみねかおる

大中小《だいちゅうしょう》探偵クラブ シリーズ

大中小探偵クラブ (1)～(3)　はやみねかおる

タイムスリップ探偵団 シリーズ

坂本龍馬は名探偵!!　楠木誠一郎
平賀源内は名探偵!!　楠木誠一郎
聖徳太子は名探偵!!　楠木誠一郎
新選組は名探偵!!　楠木誠一郎
豊臣秀吉は名探偵!!　楠木誠一郎
福沢諭吉は名探偵!!　楠木誠一郎
一休さんは名探偵!!　楠木誠一郎
安倍晴明は名探偵!!　楠木誠一郎
宮沢賢治は名探偵!!　楠木誠一郎
宮本武蔵は名探偵!!　楠木誠一郎
徳川家康は名探偵!!　楠木誠一郎
平清盛は名探偵!!　楠木誠一郎
織田信長は名探偵!!　楠木誠一郎
真田幸村は名探偵!!　楠木誠一郎
源義経は名探偵!!　楠木誠一郎
清少納言は名探偵!!　楠木誠一郎
黒田官兵衛は名探偵!!　楠木誠一郎
伊達政宗は名探偵!!　楠木誠一郎
西郷隆盛は名探偵!!　楠木誠一郎
真田十勇士は名探偵!!　楠木誠一郎
関ヶ原で名探偵!!　楠木誠一郎
ナポレオンと名探偵!　楠木誠一郎

宮部みゆきのミステリー

ステップファザー・ステップ　宮部みゆき
今夜は眠れない　宮部みゆき
この子だれの子　宮部みゆき
蒲生邸《がもうてい》事件 (前編・後編)　宮部みゆき

お嬢様探偵ありす シリーズ

お嬢様探偵ありす (1)～(8)　藤野恵美
七時間目の怪談授業　藤野恵美

名探偵 浅見光彦 シリーズ

ぼくが探偵だった夏　内田康夫
耳なし芳一からの手紙　内田康夫
しまなみ幻想　内田康夫

千里眼探偵部 シリーズ

千里眼探偵部 (1)～(2)　あいま祐樹

おもしろい話がいっぱい！

ムーミン シリーズ

- ムーミン谷の彗星　ヤンソン
- たのしいムーミン一家　ヤンソン
- ムーミンパパの思い出　ヤンソン
- ムーミン谷の夏まつり　ヤンソン
- ムーミン谷の冬　ヤンソン
- ムーミン谷の仲間たち　ヤンソン
- ムーミンパパ海へいく　ヤンソン
- ムーミン谷の十一月　ヤンソン
- 小さなトロールと大きな洪水　ヤンソン

- ギリシア神話　遠藤寛子／文
- 聖書物語　旧約編　香山彬子／文
- 聖書物語　新約編　香山彬子／文
- 西遊記　呉　承恩
- アラジンと魔法のランプ　川真田純子／訳

- 三国志（全1巻）　羅　貫中
- 三国志（1）〜（7）　小沢章友

- 美女と野獣　七つの美しいお姫さま物語　ボーモン夫人　グリム兄弟　アンデルセン

- 青い鳥　メーテルリンク

赤毛のアン シリーズ

- 赤毛のアン　モンゴメリ
- アンの青春　モンゴメリ
- アンの愛情　モンゴメリ
- アンの幸福　モンゴメリ
- アンの夢の家　モンゴメリ

- ピーター・パンとウェンディ　バリ
- ふしぎの国のアリス　キャロル
- 鏡の国のアリス　キャロル
- リトル プリンセス 小公女　バーネット

- 秘密の花園（1）〜（3）　バーネット

- 若草物語　オルコット
- 若草物語（2）夢のお城　オルコット
- 若草物語（3）ジョーの魔法　オルコット
- 若草物語（4）それぞれの赤い糸　オルコット

- 大きな森の小さな家　ワイルダー
- 大草原の小さな家　ワイルダー
- ニルスのふしぎな旅　ラーゲルレーフ
- 長くつしたのピッピ　リンドグレーン

あしながおじさん　ウェブスター
飛ぶ教室　ケストナー
賢者の贈り物　O・ヘンリー
クリスマス キャロル　ディケンズ
名作で読むクリスマス　青い鳥文庫／編
アルプスの少女ハイジ　スピリ
星の王子さま　サン=テグジュペリ
オズの魔法使い　ドロシーとトトの大冒険　バーム

名犬ラッシー　ナイト
フランダースの犬　ウィーダ
レ・ミゼラブル　ああ無情　ユーゴー

巌窟王　モンテ=クリスト伯　デュマ
三銃士　デュマ

トム・ソーヤーの冒険　トウェーン
シートン動物記　おおかみ王ロボ ほか　シートン
シートン動物記　岩地の王さま ほか　シートン
シートン動物記　タラク山のくま王 ほか　シートン
ファーブルの昆虫記　ファーブル
ガリバー旅行記　スウィフト
ジャングル・ブック　キプリング

十五少年漂流記　ベルヌ

海底2万マイル　ベルヌ
タイムマシン　ウェルズ
ロスト・ワールド　失われた世界　ドイル
宝島　スチーブンソン
ロビンソン漂流記　デフォー
ハヤ号セイ川をいく　ピアス
オリエント急行殺人事件　クリスティ
ルパン対ホームズ　ルブラン

名探偵ホームズ シリーズ

名探偵ホームズ　赤毛組合　ドイル
名探偵ホームズ　バスカビル家の犬　ドイル
名探偵ホームズ　まだらのひも　ドイル
名探偵ホームズ　消えた花むこ　ドイル
名探偵ホームズ　緋色の研究　ドイル
名探偵ホームズ　四つの署名　ドイル
名探偵ホームズ　ぶな屋敷のなぞ　ドイル
名探偵ホームズ　最後の事件　ドイル
名探偵ホームズ　恐怖の谷　ドイル
名探偵ホームズ　三年後の生還　ドイル
名探偵ホームズ　囚人船の秘密　ドイル
名探偵ホームズ　六つのナポレオン像　ドイル
名探偵ホームズ　悪魔の足　ドイル
名探偵ホームズ　金縁の鼻めがね　ドイル
名探偵ホームズ　サセックスの吸血鬼　ドイル
名探偵ホームズ　最後のあいさつ　ドイル

「講談社《こうだんしゃ》　青《あお》い鳥文庫《とりぶんこ》」刊行《かんこう》のことば

太陽《たいよう》と水《みず》と土《つち》のめぐみをうけて、葉《は》をしげらせ、花《はな》をさかせ、実《み》をむすんでいる森《もり》。小《こ》鳥《とり》や、けものや、こん虫《ちゅう》たちが、春《はる》・夏《なつ》・秋《あき》・冬《ふゆ》の生活《せいかつ》のリズムに合《あ》わせてくらしている森《もり》。森《もり》には、かぎりない自然《しぜん》の力《ちから》と、いのちのかがやきがあります。

本《ほん》の世界《せかい》も森《もり》と同《おな》じです。そこには、人間《にんげん》の理想《りそう》や知恵《ちえ》、夢《ゆめ》や楽《たの》しさがいっぱいつまっています。

本《ほん》の森《もり》をおとずれると、チルチルとミチルが「青《あお》い鳥《とり》」を追《お》い求《もと》めた旅《たび》で、さまざまな体験《たいけん》を得《え》たように、みなさんも思《おも》いがけないすばらしい世界《せかい》にめぐりあえて、心《こころ》をゆたかにするにちがいありません。

「講談社《こうだんしゃ》　青《あお》い鳥文庫《とりぶんこ》」は、七十年《ねん》の歴史《れきし》を持《も》つ講談社《こうだんしゃ》が、一人《ひとり》でも多《おお》くの人《ひと》のために、すぐれた作品《さくひん》をよりすぐり、安《やす》い定価《ていか》でおおくりする本《ほん》の森《もり》です。その一さつ一さつが、みなさんにとって、青《あお》い鳥《とり》であることをいのって出版《しゅっぱん》していきます。この森《もり》が美《うつく》しいみどりの葉《は》をしげらせ、あざやかな花《はな》を開《ひら》き、明日《あす》をになうみなさんの心《こころ》のふるさととして、大《おお》きく育《そだ》つよう、応援《おうえん》を願《ねが》っています。

昭和《しょうわ》五十五年《ねん》十一月《がつ》

講　談　社